www.bbulmedia.com

www.bbulmedia.com

암전루

암천루

1판 1쇄 찍음 2016년 1월 19일
1판 1쇄 펴냄 2016년 1월 27일

지은이 | 산수화
펴낸이 | 정 필
펴낸곳 | 도서출판 **뿔미디어**

편집장 | 이재권
기획 · 편집 | 문정흠

출판등록 | 2002년 9월 11일 (제1081-1-132호)
주소 | 경기도 부천시 원미구 소향로 117번길(두성프라자) 303호 (우) 14544
전화 | 032)651-6513 / 팩스 032)651-6094
E-mail | bbulmedia@hanmail.net
홈페이지 | http://bbulmedia.com

값 8,000원

ISBN 979-11-315-6958-0 04810
ISBN 979-11-315-6313-7 04810 (세트)

※파본은 구입하신 서점에서 교환하여 드립니다.

암천루
4
산수화
신무협 장편 소설

차례

1.
천랑군주(天狼君主)

"믿을 수가 없군……."

놀라움과 씁쓸함, 묘한 답답함과 안도감이 뒤섞인, 말로 표현 못할 감정을 한껏 담은 채 광혼단주는 말했다.

그의 음성은 그러한 감정을 표현하고 있음에도 담담함이 느껴졌다.

벽란의 무표정한 얼굴에도 한 줄기 안타까움이 감돌았다.

"부적술과 동조술법의 경지가 대단하다는 것은 알았지만, 언령의 역주(逆呪)까지 나를 초월할 줄은 상상도 못했지 뭔가. 참으로 대단했어."

팔 하나가 통째로 날아가고 가슴에 주먹만 한 구멍이 뚫려 있음에도 그의 얼굴에는 어떠한 고통의 빛도 보이지 않았다.

흐르는 피와 상처만 없다면 멀쩡하다고 생각될 정도였다.

"그만한 재능, 그만한 능력을 갖고도 본 방과 대적하는구나. 본 방 밑에서 더 정진한다면 십 년 내로 천하 정점을 바라볼 만한 술사가 될 수 있을 터인데."

"……."

"하기야 각자의 사정이 있는 법이겠지. 그저 다른 길을 가게 되었음이 안타까울 뿐이야."

"죄송해요."

"죄송할 게 또 무언가. 나는 초혼방에 위해를 가하려는 적을 두고 볼 수 없어 싸웠던 것이고, 넌 스스로의 의지를 관철시키기 위해 싸웠을 뿐이다. 결과가 어떻게 나와도 하나 아쉬울 것이 없는 전투였지."

광혼단주가 한 번 눈을 감았다가 다시 떴다.

영롱한 눈빛이었다.

"그러니… 그리 안타까운 표정은 지을 필요가 없어."

안타깝다?

그랬다. 벽란의 얼굴에 떠오른 감정은 안타까움과 미안함이었다.

그러나 그 어디에서도 주저함은 보이지 않았다.

광혼단주의 말처럼 서로 서 있는 위치가 다르고, 충돌할 수밖에 없던 운명이었다.

정작 죽음을 목전에 둔 광혼단주가 승자인 벽란을 위로하고 있지만, 반대의 상황이 되었다면 두 사람이 느끼는 감정 역시 반대가 되었을 터.

"묻고 싶은 것이 있다."

"물어보세요."

"네가 정한 길에 한 점 후회가 없는지 그것이 궁금하다. 정녕 네가 어릴 적부터 커왔던 방을 버리면서까지 그 길을 선택한 것에 어떠한 후회도 없는 것인가?"

벽란은 답변을 주지 않았다.

다만, 가만히 표정을 굳힐 뿐이었다.

광혼단주는 고개를 끄덕였다.

"그렇군. 괜한 걸 물었어."

당장 일어난 지금의 전투와는 다른 의미에서.

후회가 없을 리 없다.

벽란이라는 술사의 정신력은 높고도 견고하여 철옹성을 방불케 했지만, 친 혈육처럼 대해왔던 수많은 사람들과 연을 끊고 적대적인 관계가 된 현재에 마냥 후회가 없을 수 있겠나.

방황도 많고, 후회도 많았다.

그리고 도달한 현재.

그녀는 여전히 후회를 동반하며 그 길을 걷고 있지만, 손을 쓰는 데에 어떠한 주저함도 없을 것이다.

적으로 돌아섰다면 지금 광혼단주와 싸웠듯 거침없이 주문을 외울 것이고, 부적을 날릴 것이며, 살상을 멈추지 않을 것이다.

"나쁘지 않다, 나쁘지 않아."

그가 흐릿한 웃음을 지었다.

순식간에 푸르죽죽하게 변하는 안색이었다.

"이러한 죽음도… 결코 나쁘지 않지. 죽어서도 난 초혼방의 사람이다. 적으로 돌아선 너의 복을 빌어줄 수 없는 입장이야. 하나… 또한 너라는 사람을 지금껏 봐왔기에… 너의 결정을 존중한다……."

그 말을 끝으로 광혼단주의 눈은 감겼다.

벽란은 하늘로 얼굴을 들었다.

눈을 뜨지 않기에 하늘의 푸르른 광경을 볼 수 없지만, 마음속으로 본 하늘은 그리 맑지도 푸르지도 않았다.

"초혼방주, 당신만 죽는다면……."

감겨진 그녀의 두 눈에 맑은 이슬이 흘러내렸다.

투명한 눈물에 비친 세상 풍경은 고아하게 방울져 아름답지 못했다.

*　　　*　　　*

강비의 신형은 빨랐다.

상당히 심한 내상을 입고 내기가 들끓고 있는 상황임에도 투신보를 펼쳐 속도를 올림에 주저하지 않았다.

고통과 상처는 다시 치료할 수 있지만, 한 번 지나친 시간은 절대로 되돌아올 수가 없다.

옥인이라는 든든한 검사가 있지만, 장천의 안위가 걱정되지 않을 수 없는 것이다.

장천과 옥인의 흔적을 따라서 빠르게 거리를 좁히

던 강비의 눈이 찌푸려진 것은 거의 이각이나 달린 이후였다.

'흔적이 끊겼다.'

암천루에서는 각 요원들이 남기는 고유의 흔적이 있다.

그것은 매달 한 번씩 바뀌며, 비선들을 호출하거나 지원을 요청할 때 아주 요긴하게 쓰이고는 했다.

장천의 흔적은 완전하게 사라졌다.

어지러운 발자국도 없고, 미세한 흠이 있지도 않았다.

마치 홀로 이상한 세상에 뚝 떨어진 것만 같았다.

'흔적이 끊기다니, 이럴 리가 없는데.'

조금 당황스럽다.

삼 년 동안 암천루 소속으로 활동하면서 한 번도 이러했던 적이 없었다.

하물며 모든 일에 철두철미하기로 조직원들 사이에서 손가락에 꼽히는 장천이었다.

절로 표정이 굳어질 수밖에 없었다.

'무슨 일이 생긴 거다.'

장천이나 옥인이 감당 못할 누군가를 대비하기 위

해 흔적을 남기지 않을 수는 있지만, 그를 쫓았던 철곤의 무인들까지 흔적을 남기지 않았다는 건 상당히 이상한 일이었다.

아니, 이상한 걸 넘어서서 위험하다는 생각까지 들었다.

그들은 분명 일류라 불릴 만큼 강인한 무인들이지만, 그렇다고 자신의 눈을 피할 정도로 흔적을 지워내는 기술을 전문적으로 교육 받은 자들은 아니었다.

장천, 옥인부터 철곤 무인들까지… 하늘로 증발해 버린 것처럼 아무것도 볼 수가 없었다.

그때, 강비의 머리를 울리는 번갯불이 있었다.

'더 움직여? 아니다. 그래서는 안 될 일이야. 기다린다. 벽란이 올 때까지. 혼자서는 안 돼.'

정확한 판단이었다.

확신에 가까운 예감을 그대로 현실에 반영한다.

홀로 헤쳐 나갈 수 있다는 강렬한 자신감이 있더라도 죽음의 위기를 넘겨가며 단련해 온 육감을 무시하지 않는다.

신중함과 과격함을 넘나드는 성정이었다.

비록 부상으로 온전한 힘을 내지 못하는 상황이라

지만, 호천패왕기가 성장함에 따라서 그의 정신과 성정 역시 한차례 탈바꿈을 하기 시작한 것이다.

얼마나 지났을까.

파라락!

바람결에 휘날리는 옷자락 소리가 아름다운 선율마냥 허공을 수놓았다.

고개를 돌리는 그곳에 마침내 눈을 감은 미녀 한 명이 모습을 드러냈다.

"왔나?"

"치사하게 혼자 갔어요?"

"따라붙을 줄 알았어."

말 한 번 얄밉게도 하는 남자라는 생각이 들었다.

그래도 기분이 나쁘지 않은 것은 묘한 일이다.

광혼단주와의 싸움에서 얻은 우울함이 조금은 가시는 느낌이었다.

벽란은 자그마한 미소를 짓다가 이내 눈살을 찌푸렸다.

"다치셨군요."

"항상 느끼는 거지만, 정말로 눈을 감고 있는 게 맞나? 신통방통하군."

"기의 불안한 움직임과 피 냄새만 맡아도 그 정도는 알 수 있어요. 상당히 심한 내상이로군요."

"아직까지는 괜찮아. 다른 문제가 생겼어."

"알고 있어요."

알고 있다.

그 말 그대로였다.

강비가 그녀를 기다린 이유도 그것이었다.

그녀는 술사다.

무인과 술사, 둘 모두 천지간의 기를 몸에 받아들여 기적과도 같은 능력을 발휘하는 자들이라지만, 또한 명확한 차이가 있는 법이다.

벽란은 가만히 양손을 모은 채 뜻 모를 말을 중얼거렸다.

'주문인가?'

어떤 주문을 외고 있는 것일까?

강비는 문득 궁금증이 일었지만, 참았다.

잠시 후, 벽란이 고개를 저었다.

"이상해요. 두 사람의 위치가 떠오르지 않아요."

"문제가 있는가?"

"그들 고유의 기를 이미 기억해 놨으니 묵계주를

사용할 수는 있지만, 지금 당장은 불가능해요. 상당한 기력을 소모했어요. 제대로 사용할 수 없는 상황이에요."

강비는 다시 한 번 주위를 훑어보았다.

관도에서 다소 벗어난 곳이다.

봄을 알리고자 차갑게 얼어붙은 자아를 부드럽게 풀어 만물의 맥동이 느껴지는 땅.

그러나 그 어디에서도 장천과 옥인의 흔적은 발견되지 않았다.

'미치겠군.'

암담함이 앞섰다.

가볍게 한숨을 몰아쉬며 그는 고개를 저었다.

물론 옥인이 모든 걸 처리해 줄 수는 없다.

그는 분명 고수라 불릴 만큼 충분히 강하지만, 아직까지는 무인이 갖추어야 할 비정(非情)이 모자랐다.

어떤 면에서는 순수하다고도 할 수 있겠다.

뒷골목의 더러움을 알지 못하는 남자였다.

하지만 옆에서 장천이 조력자로서 도움을 준다면 둘은 일파의 종주가 적으로 나타나지 않은 이상 어디로도 도주를 감행할 능력이 되었다.

문제는 흔적이 남지 않는 지금 이 상황을 어떻게 해석해야 하는 건지 모르겠다는 것이다.

자신마저도 깜빡 속일 정도로 흔적을 완벽하게 지워낸 것인지, 그도 아니면 어떤 기묘한 사건에 휩싸인 것인지 알 수가 없었다.

이런 상황에서 도대체 무엇을 할 수 있을까.

잠시 고개를 숙이고 골똘히 생각을 하던 강비가 재차 고개를 든 것은 물 한 모금을 마실까 말까 한 짧은 시간이 지난 후였다.

"가지."

"어딜요?"

"상처도 돌봐야 하고, 밥도 먹어야 해. 지금 상태로 계속 달리는 건 상책이라 할 수 없어."

추적할 수 있는 상황이라면 모를까, 그것이 불가능하다면 몸 상태를 최고조로 끌어 올리는 것이 중요하다.

벽란 역시 그의 의견에 동의했다.

"하지만 뒤는 어떻게 하고요? 아까 봤을 때 개방의 거지들이 오강명을 상대하고 있던데요."

"놔둬. 막아준다고 했으니."

"걱정되지 않아요?"

"멀쩡한 몸이었다면 모를까, 지금의 오강명이라면 그들만으로도 차고 넘치는 전력이야. 걱정할 거 없어. 더군다나 선풍개는 개방의 장로다. 실력도 실력이지만, 제아무리 막강한 배경이 있다 한들 오강명이 바보가 아니라면 지금 같은 상황에서 최악의 수를 두려 하지 않을 거다. 우리는 우리대로 할 일을 하면 돼."

정확한 판단이었다.

벽란은 새삼스러운 표정으로 강비를 보았다.

무력의 출중함이야 익히 알고 있지만, 판단력도 발군이었다.

남들이 보기에 냉정하다고 생각할 수 있으나 한 수 앞, 두 수 앞을 읽고 행동하는 느낌이었다.

이런 것은 쉽게 얻어낼 수 있는 능력이 아니다.

무공보다도 강력한 힘.

무예에 못지않은 지혜까지 갖추었다.

말 그대로 문무겸비(文武兼備)라 할 만했다.

장천에 가려져서 제대로 보지 못한 부분, 개안을 한 심정이었다.

'도대체 어떤 과거를 겪었기에…….'

어쩔 때는 통명스럽고, 어쩔 때는 오만해 보이기도 하지만, 그에게는 왠지 모르게 빠져들게 만드는 매력이 있었다.

참으로 신비한 남자였다.

그렇게 두 남녀는 절강성을 넘어 강소성에 접어들었다.

만물이 생동하는 시기, 마침내 찾아오는 봄의 안온한 기후가 천하를 뒤덮을 때였다.

*　　　*　　　*

"헉, 헉……."

등효(燈嚆)는 거친 숨을 애써 삭이고는 바위 뒤로 몸을 숨겼다.

어지간한 바위라면 몰라도, 이처럼 큰 바위라면 문제가 없으리라.

흔적 지우는 방법을 전문적으로 배우지는 못했지만, 한 시진 정도는 시간을 벌어줄 수 있을 것이다.

그는 품에서 단환 하나를 꺼내 입속에 털어 넣었다.

단환은 입속에 들어서자마자 물처럼 녹아 순식간에

식도를 넘어 위장에 맴돌았다.

그윽한 향기가 전신에 활기를 되찾아주었다.

가히 명약이라 불리어도 손색이 없는 단환.

그러나 등효의 얼굴은 좀체 밝아지지 않았다.

'마지막 활신단(活身丹)이다. 남은 건 투신단(鬪神丹)뿐. 이제는 정말 빼도 박도 못하게 생겼어.'

무려 삼십여 일에 가까운 도주행이었다.

그들의 눈과 칼을 피하기 위해 안 해본 일이 없었다.

당당한 무인으로서 모조리 박살 내고 싶은 심정이지만, 그들의 힘은 상상을 초월하는 수준이었다.

그들은 예와 의를 무시했고, 목적을 위해서라면 어떠한 더러운 짓도 마다하지 않았다.

합공은 말할 것도 없고, 마을 하나를 통째로 지워버리기도 했다.

그 치가 떨리는 만행에 유동 인구가 많은 곳에는 발조차 들이지 않았다.

어쩌면 놈들이 의도한 것일 수도 있으나, 그래도 별 수 없는 일일 것이다.

아무런 상관도 없는 사람들까지 불행의 늪으로 빠

트리는 건 도리가 아닌 까닭이다.

그는 헝겊으로 싸맨 좌측 어깨를 돌려보았다.

뻐근한 고통 뒤로 찌르는 듯한 통증까지 더해졌다.

그토록 급박했던 순간에는 다친 줄도 몰랐는데, 지금은 식은땀이 날 정도로 아팠다.

'괜찮다. 뼈가 상하지는 않았어. 움직일 만하다.'

여기저기 출혈이 만만치가 않다.

불행 중 다행이랄까.

그 와중에 용케도 치명적인 상처는 피했다.

그러나 언제까지 이런 도피행이 계속될지 알 수 없는 일이었다.

고수 소리를 듣는 무인이라 할지라도 진즉 포기해버렸을 도주와 추적이었다.

심신의 강건함으로는 여느 고수들 못지않은 등효지만, 그 역시 지치지 않을 수 없었다.

'이것들만 없었더라도…….'

그는 자신의 손과 허리춤을 살폈다.

세 살배기 꼬마가 본다 해도 알 수 있을 만큼 대단해 보이는 보검(寶劍) 두 자루가 허리춤에 달랑이고 있고, 손에는 길고 묵직해 보이는 뭔가가 검은 천으로 둘둘 묶여 있었다.

놈들이 쫓는 목적.

천하를 뒤져도 이 이상이 있을까 싶을 만큼의 보물들이 목적이 되면서, 동시에 자기 자신까지 그 목적이라는 괴물의 아가리에 들어차게 된 상황은 그다지 유쾌하지 못했다.

더불어 이 보물을 지키기 위해서 싸우지만, 또한 보물 때문에 제대로 싸우지 못하는 모순적인 상황에서 등효가 할 수 있는 것은 한숨을 짓는 일밖에 없었다.

'버틸 수 있을까?'

그는 아버지이자 엄격한 스승이었고, 누구보다도 속 깊은 친구이기도 했던 분의 말을 떠올렸다.

"이것들은 존재 자체만으로도 그 어디에 비할 데 없는 지고의 보물이다. 화로에 넣어도 녹지 않으며, 어떤 장애물이 가로막아도 격파할 수 있는, 도대체 누가 언제 만들어졌는지도 모를 신화적인 신병(神兵)인 것이다. 그러나 생긴 것처럼 마냥 병기로서의 목적에만 적합한 것이 아니다. 세상을 관조하는 술가(術家)의 무리들이 있지만, 또한 사이한 사상을 가진 채 마도

(魔道)에 빠진 악한(惡漢)들 또한 적지 않은 바, 이 물건들이 그런 마도의 술사들에게 건네진다면 천하가 도탄에 빠지는 데에 일조했다고 볼 수 있을 만큼의 법보(法寶)이기도 하지. 너는 반드시 이 보물들이 삿된 무리들의 손에 넘어가지 않도록 잘 지켜내야 할 것이다."

"하면 언제까지 지켜야 하는 것입니까?"

"이 물건에 합당한 주인이 나타날 때까지."

"그것을 제가 판단할 수 있겠습니까?"

"내 아는 바를 전부 너에게 가르쳤고, 너는 지금의 나 못지않은 남자가 되었다. 너의 판단하에 건네어도 괜찮다고 생각이 든다면 주저 없이 건네어라. 그러면 된다."

"모르겠습니다. 과연 제가 사람 보는 눈이 있을지……."

"자신(自信)이란 말 그대로 스스로를 믿는 것이다. 너의 역량은 이미 천하를 바라보고 있음에도 그러한 자신감이 부족하다는 게 가장 큰 단점이다. 자기 자신을 믿어라. 너라면 분명 좋은 주인에게 보물을 건넬 수 있을 게야. 또한……."

"……."

"굳이 네가 애쓰지 않아도 신병은 주인을 가리는 법이다. 주인다운 주인이 나타났을 때, 저 광대무변한 하늘이 어떤 놀라운 조화를 부리게 되는지 직접 경험할 수 있을 것이다."

그분이 어떤 말을 했는지 이해 못할 등효가 아니었다.

그는 그 정도로 멍청한 사람이 아니었고, 오히려 상대가 원하는 바를 눈빛에서 쉬이 유추할 수 있을 정도로 눈썰미가 좋은 사람이었다.

그러나 이미 저세상으로 가버린 선대의 유물이, 선대의 기대감이, 선대의 자존심이 그를 힘들게 하였다.

그런 것은 지식과 눈썰미 같은 것으로 어떻게 건드려 볼 수 있을 만한 영역이 아니었다.

'부디 내가 죽기 전에는 이 신병들이 주인의 손에 돌아갈 수 있기를…….'

누군지도 모를, 있는지 없는지조차 모를 미지의 주인들을 위해 등효는 가벼운 미소를 지었다.

"나쁘지 않군, 벌써 여기까지라니. 더군다나 흔적

을 지우면서까지! 역시나 보통 무인이 아니었던가?"

갑작스레 들려오는 고요한 울림에 등효는 순간 전신에 털이 쭈뼛 서는 놀라움을 경험했다.

일대를 울리는 목소리는 부드럽고 나직했다.

그래서 더욱 무서웠다.

송곳니를 숨긴 야수의 기백이 연기처럼 피어오르고 있었다.

"어디 보자. 이름 등효. 나이 삼십 대 초반이라 추정. 일인전승(一人傳承)으로 내려오는 대산일문(大山一門)의 계승자. 강렬하고 장중한 무공 소유. 권장법으로 예측. 지닌 무력은 구파의 후기지수들보다도 우위에 있다고 사료됨. 무공의 위력 역시 구파의 진산절기에 못하지 않으며, 특수한 외공으로 몸의 회복력이 타의 추종을 불허함."

등효의 얼굴이 한껏 굳어졌다.

"홍미롭군. 림의 비나충(飛裸蟲)들이 두 달 동안 뛰었음에도 겨우 이 정도의 정보라……. 확실히 보이는 것 이상의 뭔가가 있는 모양이야."

비나충.

등효는 비나충이라는 족속들이 어떤 족속들인지 너

무나도 잘 알고 있었다.

세상천지 무수한 정보 단체들이 있다지만, 비나충이라 불리는 신비한 이들의 능력은 그야말로 발군이라 할 만했다.

천하 각지의 정보에 능통하여 천하제일정보대대라 불리는 개방에 비하긴 어렵지만, 오히려 음지(陰地)의 정보력에서는 개방조차 앞선다고 볼 수 있었다.

무엇보다도 비나충의 소속이 문제였다.

'비사림.'

중원에서는 사대마종 중 하나라 불리며, 사대마종 중에서도 가장 마도(魔道)에 가까운, 아니, 마도, 그 자체라고 볼 수 있는 무인들의 집단.

"이제 그만 나서는 게 어떤가? 림에서도 어지간한 일에는 날 부르지 않을 테니, 적어도 평범한 이는 아닐 텐데. 더 숨어봐야 의미가 없음을 누구보다도 잘 알고 있을 테지."

맞는 말이었다.

기척조차 잡지 못했던 강자가 저기에 있다.

숨어도 의미가 없으며, 도주도 의미가 없다.

신법에도 자신이 있지만, 활신단은 만능의 명약이

라 할 순 없었다.

움직일 수는 있어도 제 기량을 마음껏 펼칠 수 있는 평소와는 다르다는 의미였다.

천천히 바위 위로 올라서는 등효.

그를 본 사내의 얼굴에 감탄이 어렸다.

"그야말로 천왕(天王)과 같은 인상이로고. 사내다움의 표상이로구나. 칠 척의 장신에 체격 또한 대단하다. 절정으로 단련이 된 근골, 제대로 연마가 된 무인임을 보는 순간 알 수 있겠다."

사내가 감탄한 데에 비해 등효의 얼굴은 약간의 충격으로 굳어졌다.

그저 겉으로 보기에는 나약한 문사처럼 보이는 중년인이었다.

하나 잔잔하게 가라앉은 기도 속에 난폭한 광기가 용암처럼 이글거렸다.

숨길 때는 미풍처럼 잔잔하지만, 드러낼 때는 가히 태풍처럼 천하를 휩쓸 마왕(魔王)이 도사리고 있었다.

수준을 달리하는 무력.

이미 천하(天下)라는 높고 높은 봉우리 위에서 뛰놀고 있는, 상상 초월의 강자가 지닌 자태가 그대로 묻어 나왔다.

"등효라 하오."

"이름은 잊었네. 직책으로는 천랑군주(天狼君主)라 불리네만, 자네로서는 알기 힘든 이름이겠지."

아니, 모를 수가 없었다.

대산일문은 사대마종과 나름의 밀접한 관련이 있었다.

과거 사대마종 중 하나이자 가장 강자존(强者存)에 가까운 집단이라 불리었던 철혈(鐵血)의 집단, 무신성(武神城)의 전전대 성주와 십여 번의 생사비무를 나누어 끝내 결판을 내지 못했던 태사조를 모셨던 등효는 사대마종들에 대해 잘 알고 있었다.

'천랑군주! 비사림 칠군주(七君主) 중 한 명!'

비사림의 림주를 제외하고는 가장 강하다고 평가를 받는 림 내의 무인들이 바로 칠군주였다.

천랑군주는 대대로 전략전술에 능하며, 전장의 장수처럼 지휘통솔은 물론, 필요하다면 어떠한 지독한 책략이라도 거리낌 없이 구사하는, 비정한 자들이 주로 맡는 자리라고 하였다.

'최악이다.'

냉혹하게 빛나는 천랑군주의 눈.

자애로움과 감탄 속에 누구도 제어할 수 없는 난폭함이 가득했다.

분위기와 외관에 속으면 안 된다.

이자는 어떠한 맹수보다도 사납고 어떠한 전략가보다도 냉철하며 어떠한 무인보다도 잔혹하다.

"호오, 알고 있는 기색인걸? 의외로군."

아무런 내색을 하지 않았다고 생각했는데도 읽혀버렸다.

미세한 눈의 떨림, 일렁이는 기도의 분위기만으로도 상대의 기분을 파악할 수 있다는 뜻이다.

육감을 극도로 발달시킨 진짜 고수들만의 힘이다.

"뭐, 그런 것이 중요한 건 아니지. 어차피 자네 역시 얌전히 그 물건들을 내줄 것 같지 않고, 끝까지 항전(抗戰)을 불사할 것 같은데?"

천랑군주의 미소가 짙어졌다.

먹잇감을 눈앞에 둔 야수의 미소였다.

"물건을 강탈한다라……. 그다지 자랑할 만한 일이 아님에도 그토록 담담한 걸 보니, 당신이 속한 비사림도 내 생각 이상으로 무도한 집단인 것 같소."

묘하게 자극적인 말이었다.

천랑군주는 어깨를 으쓱거렸다.

"뭐, 그런 거 아니겠나? 대를 위해서 소를 희생하느니, 이해해 달라느니, 그런 웃기는 소리는 않겠네. 여기까지 왔는데 주둥이로 이러쿵저러쿵 따지는 것도 머리 아픈 일이지. 하지만 확실히 자네 말대로 불한당처럼 강탈하는 일은 나만큼이나 얼굴이 두꺼운 사람에게도 권장할 만한 일이 못 되지."

천랑군주의 미소가 처음으로 사라졌다.

끝까지 광포함을 숨긴 채, 그러나 어디에도 사라지지 않는 차가운 눈동자를 빛내며 입을 열었다.

"진부한 말이지만, 얌전히 물건들을 놓고 간다면 오늘만큼은 자네를 고이 보내주도록 하겠네."

행사는 무뢰배에 살인마와 똑같지만, 그의 말에는 진실성이 가득했다.

'진심이로군.'

아무리 장난질을 쳐도 저만한 위치의 고수가 허튼 소리를 할 리는 없다.

당연하다면 당연한 일이다.

지금의 등효 정도라면 어렵지 않게 제압할 수 있는

천랑군주였다.

죽이려 들었다면 진즉 행동에 들어갔을 것이다.

아무런 말도 없는 등효를 보며 그가 다시 말을 이었다.

"더하여, 지금껏 자네 손에 희생된 본 림의 무사들에 대해서도 묵과하겠네. 상황이 웃기게 되었지만, 뒤처리도 이만저만 곤란한 일이 아니야. 자, 어쩔 텐가?"

선심이라도 쓰는 듯 말하지만, 실상 알고 보면 진짜 억울한 사람은 등효였다.

그러나 그런 걸 따지기에는 상황이 좋지 못했다.

절체절명의 순간이었다.

'저만큼이나 양보하고 나온다. 그 말인즉, 거부하는 즉시 난 죽음을 피하지 못한다는 뜻.'

암담하기 짝이 없었다.

차라리 몸이라도 정상이었다면 한판 시원스레 싸울 수 있었을 텐데.

등효는 이런 급박한 순간에 현실에서 일어날 수 없는 일로 굳이 안타까움을 배가시키는 남자가 아니었다.

곧 정신을 차린 후, 강렬한 호안(虎眼)을 빛냈다.
천랑군주 역시 그의 결심을 알아냈다.
"싸울 생각이군. 뭐, 그럴 거라 짐작은 했네만."
"쉽지는 않을 것이오."
"아네."
뜻밖의 대답이었다.
"몸이 정상이 아님에도 자네의 몸에서 피어오르는 이 기세. 그야말로 경이로울 지경이군. 비나충들이 한참이나 잘못 알았어. 구파의 젊은 제자들? 말도 안 되는 소리지. 이미 절정을 한참이나 상회하는 이 힘, 사십도 안 된 나이에 어디서 그런 힘을 얻었는지 의아할 따름이야. 현재 본 림에도 자네 나이에 그만한 무력을 손에 넣은 자는 없네. 아니, 인재는 있지만, 아직은 자네가 위인 것 같군."
내용은 감탄이지만, 등효는 등골이 서늘했다.
피폐해진 내공과 육신을 보면서도 본래의 성취가 어떠했는지 단박에 알아챘다.
이건 절정고수라 해도 알아보기 힘들 수밖에 없는 것.
천랑군주가 등효보다 몇 수 위의 고수가 아니라면

결코 쉽지 않은 일이라 할 수 있었다.

'이자, 구파의 장문인에 필적하는 무위!'

구름 위의 신선이라는 구파의 장문인들.

그런 막강한 존재들에 비해서도 결코 뒤지지 않는 고수인 것이다.

"말이 많았군. 세상에 나온 것이 오랜만이라 흥이 올랐나 보이. 이해해 주게."

천천히 양손을 펴 뼈마디 울리는 소리를 낸 천랑군주가 씨익 웃었다.

적어도 외관상 부드러웠던 이전의 미소가 아니었다.

중년의 여린 학사처럼 곱상했던 외모와 기세, 그 모든 것들이 뒤바뀌었다.

화아아악!

보이지 않는 광풍이 불어닥친 것만 같았다.

영역 전체를 떨쳐 울리는 기세.

수백 개의 폭탄이 터지며 굉음을 토해내듯, 본신의 역량을 마음껏 끌어내는 천랑군주의 힘은 가공할 지경이었다.

마주 서는 것만으로도 움직임의 자유를 박탈당했다.

등효는 이를 악물었다.

'엄청나다. 짐작은 했지만 이 정도로 강했나!'

천천히 이쪽을 향해 걸음을 옮기는 천랑군주.

내딛는 발 뒤로 발자국조차 생기지 않지만, 그가 걸은 곳에서 시뻘건 화염이라도 솟구치는 것 같았다.

마귀의 불길, 마왕의 기파였다.

"내 세상에 나온 흥분은 있으나 그다지 마음에 드는 일을 수행하고 있는 건 아니라네. 나로서도 지금 이 순간이 그리 달갑다고 할 수는 없지. 하니 세 합, 세 합으로 끝내도록 하겠네. 고통의 순간은 짧을 게야."

그런 것도 상대방을 위한 것이 될 수 있느냐고 묻는다면 등효는 분명 그렇다고 대답하겠지만, 적어도 지금은 아니었다.

상대방이 방심을 해준다면 고마울 텐데, 세 합 안에 끝낸다는 천랑군주의 눈은 위험하게 빛나고 있었다.

광기와 마기가 득실거리는 짐승의 눈이었다.

'이렇게 끝나는가…….'

시커먼 천으로 둘러싸인 물건을 왼손에 쥐고, 오른 주먹을 등 뒤로 뺐다.

그 어떠한 병기도 쥐지 않은 채 오로지 육신의 강건

함만으로 세상의 역경을 헤쳐 왔던 대산일문의 선사들이다.

그런 선사들의 정신과 무도를 계승한 무인으로서 죽을지언정 부끄러운 승부를 보일 순 없다.

등효의 입술이 굳건하게 다물어졌다.

콰아아앙!

일순간 터진 무지막지한 폭음이 주변에 존재하는 모든 초목들을 떨게 만들었다.

거의 쏘아진 화살과도 같은 속도로 튕겨 나간 등효의 몸은 제법 굵직한 나무 두 그루를 완전히 박살 내고 나서야 멈출 수 있었다.

"커헉!"

창백해진 안색.

터져 나온 핏물이 상체 전반을 적셨다.

그야말로 엄청난 일격이었다.

살아남은 것이 기적이라 할 만큼의 공격을 받은 등효지만, 치명상을 입은 것 역시 사실이다.

코와 입에서 흐르는 피의 색깔이 예사롭지가 않았다.

'어떻게?!'

정신을 차릴 수가 없었다.

한순간에 영혼마저 빠져나간 것 같았다.

천랑군주가 천천히 걸어오며 감탄의 웃음을 지었다.

"대단하군. 세 합을 말하면서도 전력을 다했거늘… 그걸 받고도 죽지 않다니, 실로 놀라운 일이야. 자네의 강인한 육신에 경의를 표하네."

진심으로 감탄한 천랑군주지만, 막상 일격을 맞은 등효에게는 한 자락의 위로조차 될 수 없는 말이었다.

가슴을 격중당한 것 같기는 한데, 그것이 주먹인지 손바닥인지 발길질인지 분간조차 하지 못했다.

본능대로 부신요결(浮身要訣)을 사용하지 않았다면 상체가 대번에 터져 나갔을 것이다.

바위보다도 단단하다고 자부하는 육신을 일 수에 증발시켜 버릴 수 있을 정도로 막강한 무공.

애초에 맞서 싸우기가 불가능한 상대였다.

본신의 기량?

우스운 소리다.

이자는 본래의 기량을 마음껏 펼칠 수 있었다 해도 십 합 안에 자신을 제압할 만한 능력이 되었다.

천랑군주의 무공은 가히 공포, 그 자체였다.

'죽음……!'

부여잡고 싶지만 몽롱한 정신은 도통 돌아오지 않는다.

그럼에도 불구하고 그 어느 때보다도 확실하게 느껴지는 그 섬뜩한 감각.

죽음.

삶의 종결.

무사로서도, 인간으로서도 움직일 수 없는 최후가 등효의 머리를 스치고 지나갔다.

"알려지지 않았지만, 이 세상에 등효라는 진짜 무인이 있었음을 내 기억하겠다."

참 말도 많은 양반이라고 등효는 생각했다.

어쩌면 이 광기의 화신과도 같은 천랑군주가 진심으로 이 일을 마뜩잖게 여기는 게 아닐까 생각될 정도였다.

지금까지 살아오면서, 난생처음으로 포기라는 단어를 머릿속에 떠올리는 그 순간이었다.

"어쩐지, 나는 여자와 함께 있으면 항상 누군가를 도와주게 될 상황에 처해지는 운명인가 봐."

"그게 무슨 소리죠?"

"전에도 어떤 재수 없는 여자랑 동행하다가 옥인을 한 번 구했거든. 이번에도 어째 비슷비슷한 상황이란 말이지. 심지어 상대가 나보다 강한 중년의 남자라는 점까지 똑같군."

"확실히 엄청난 강자네요. 천하를 뒤져도 이만한 무인을 만날 가능성은 많지 않을 텐데."

거의 평온하다고 느껴질 정도의 어조들이었다.

상황과 도통 어울리지 않기에 천랑군주는 눈살을 찌푸렸고, 등효 역시 잘 뜨여지지 않는 눈을 억지로 뜨며 소리의 근원지로 고개를 향했다.

상당히 남루한 차림의 두 남녀가 그곳에서 천천히 걸어오고 있었다.

강자다.

지금껏 보아왔던 그 어떠한 자들보다도 강하다.

얼마 전, 생사를 걸고 싸웠던 오강명이라 한들 눈앞의 중년 남자의 십 합이나 받아낼 수 있을지 의문이 들 정도였다.

암천루 최강의 무인인 서문종신을 생각나게 하는 무위.

대단하다는 말 자체가 실례가 될 막강한 고수를 두고도 강비가 지나치지 않은 이유는 스스로 생각해도 당혹스러울 만큼 어처구니가 없는 것이었다.

운명이나 숙명이라는 단어들과는 결코 어울리지 않는 강비지만, 지금 이 순간 그는 그러한 단어들과 무관하다고 자신할 수가 없었다.

'끌림' 이라고 해야 할까.

무시무시한 광기와 마기가 소용돌이치는 전장 속, 그저 지나쳐 버리면 안 될 것 같다는 강렬한 뭔가가 그를 이곳으로 끌었다.

이성이나 논리로 판단할 수 있는 영역이 아니었다.

그는 거의 초주검이 된 등효를 바라보았다.

나른하면서도 냉정한 눈동자와 흐릿하면서도 힘이 없는 눈동자가 허공에서 부드럽게 얽혔다.

등효의 입이 천천히 열렸다.

"날… 도와주시겠소?"

미약한 목소리.

울림조차 없어 누가 들을 수 있는 수준의 말이 아니었다.

그러나 강비는 들었다.

등효라는 사내가 결코 누군가에게 부탁을 할 만한 사내가 아님을 보는 순간 알았으며, 그의 눈을 보면서 이곳에 오게 된 이유가 또한 이 다 죽어가는 무인임을 깨달았다.

"내 몸값은 제법 비싼 편인데."

등효의 입가에 흐릿한 미소가 어렸다.

강비의 입가에도 비슷한 미소가 드리워졌다.

두 사내의 웃음은 어딘지 모르게 무척이나 닮아 보였다.

"그럼 부탁하겠소."

그렇게 등효는 정신을 잃었다.

눈앞의 사내를 처음 보았음에도 그는 안심하고 정신을 놓을 수 있었다.

기이한 일의 연속이었다.

"이거, 지나가던 과객이라면 좋으련만, 보아하니 이 일에 관여하려는 모양인데……."

여전히 여유로운 말투였다.

그러나 눈빛과 기세는 이미 광기로 달아올라 강비를 쏘아보고 있었다.

타오를 것 같은 눈빛이었다.

쏘아지는 안광 자체가 이미 하나의 무기나 다름없는 듯, 강비는 마주하는 자신의 눈동자가 파열될 것 같은 위기감마저 느꼈다.

'역시…….'

무도라는 드높은 정상을 꿈꾸는 강비에게 있어서 천랑군주의 힘은 충격, 그 자체라 해도 모자람이 없었다.

서문종신의 힘이 자유분방한 구름이고, 암천루주 진관호의 힘이 흐르는 강물이라면, 눈앞에 있는 중년 남자의 힘은 세상을 태워 버릴 불길과도 같았다.

"그리될 것 같소이다."

"쓸데없는 일로 수명을 깎아먹을 정도로 모자라 보이지도 않고, 드러누운 이 작자와는 아는 사이도 아닌 듯 보이네만. 지금이라도 조용히 지나간다면 앞선 무례는 못 본 체할 수도 있네."

"들어서 알고 있겠지만, 이미 약조를 해버려서 말이오."

천랑군주의 눈이 강비와 벽란을 훑었다.

"한 수는 있다, 이거로군. 세상은 참 넓어. 어린 나이에 얻을 수 있는 능력들이 아닌데, 그런 천재들을 벌써 셋이나 보는군.”

“칭찬 고맙소.”

“고마울 것 없네. 사실 그대로를 말한 것뿐이니까.”

천랑군주의 발걸음이 천천히 강비에게로 향했다.

강비의 얼굴이 서릿발처럼 굳어지고, 벽란의 몸에서도 긴장된 기세가 피어올랐다.

이미 대화는 할 만큼 했다.

서로를 향해 기세를 피워 올리는 이 순간, 이미 전투는 시작되었다.

천랑군주의 얼굴에 미약한 감탄이 떠올랐다.

‘정말 만만치 않군. 내 눈에도 빈틈이 잘 보이지 않아.’

눈앞의 젊은이는 강하다.

강해도 보통 강한 것이 아니었다.

순수한 기파의 강인함이라면 오히려 등효가 한발 앞서겠지만, 지금 나타난 이 젊은이에게서는 말로 형용할 수 없는 기이한 힘이 느껴졌다.

오히려 멀쩡한 상태의 등효가 상대하기 더 쉬우리라 생각될 정도였다.

몇 수 위인 강자를 쳐다보고 있음에도 눈빛에 흔들

림이 없고, 덮쳐 오는 기파에도 휩쓸리지 않는다.

언제 어느 순간이라도 살벌한 일격을 내칠 수 있을 것 같은 힘이 약동하고 있었다.

천랑군주는 문득, 지금 이 순간이 불쾌함보다 즐거움으로 치중되어 있다는 것을 깨달았다.

무인으로서의 환희였다.

너무나 오랫동안 음지(陰地)에서 활동해 왔기에 사대마종이라 불리는 네 개의 단체는 어서 빨리 양지로 올라서기를 고대했다.

이제는 충분한 힘이 갖추어졌고, 마음껏 날개를 펴도 누구의 눈치를 볼 필요가 없어졌다.

정식적으로 첫 중원 출전이나 다름이 없는 지금, 쉬이 볼 수 없는 강적들을 셋이나 보게 될 줄이야 상상도 못했다.

그것이 그를 기쁘게 하였다.

“말 그대로 별수 없는 일이겠지. 자, 가네.”

콰아앙!

경이로운 일격.

허공에서 터진 강렬한 폭음과 함께 강비와 벽란은 각기 삼 장이나 뒤로 물러서야 했다.

강비의 양손은 불꽃에 넣었다 뺀 것처럼 묘한 연기로 가득했고, 어느새 전방에서 돌아가는 벽란의 부적들 역시 반 이상이 찢기고 터졌다.

아직 채 낫지 않은 내상이 무서운 속도로 밑바닥을 칠 것 같은 기분이었다.

체내에 거한 진기가 거칠게 날뛰었다.

울컥 올라오는 핏물을 억지로 삼켰다.

'무시무시하다!'

본능적으로 막아내지 않았다면 죽었다.

가슴이 서늘해지는 순간이었다.

천랑군주의 입가에 미소가 드리워졌다.

"좋군, 좋아."

등효에게 선사했던 일 수(一手)다.

설령 같은 경지였다 해도 경험이 충만하지 못하다면 막지 못했을 일격을 두 사람은 막아낸 것이다.

벽란의 안색이 창백해졌다.

"참뢰장(慘雷掌)!"

"이 장법을 아나?"

가만히 벽란을 바라보는 천랑군주.

흥미로움으로 덮였던 그의 눈동자에 이채가 서렸다.

"무어냐, 너의 그 술력(術力)은?!"

파아아악!

천천히 다가오는 천랑군주.

발로 디딘 땅, 족적에서 시퍼런 불똥이 튀며 연기가 차올랐다.

"어째서 네게 초혼의 술력이 느껴지는 것이지?"

초혼의 술력.

정확한 이름은 모르되, 그 정도의 내용이라면 천랑군주가 어떤 말을 하는지 의도를 모를 수가 없다.

벽란이 천랑군주의 무공을 알아낸 것처럼, 천랑군주 역시 벽란의 몸에서 흐르는 기이한 술법의 힘을 알아낸 것이다.

"조심하세요. 참뢰장에 이 정도 기세. 비사림의 칠군주 중 한 명일 거예요."

강비의 눈에 광채가 어렸다.

비사림.

비사림이라는 그 이름.

광호라는 작자와 한바탕 무지막지한 전투를 행했던 그다.

이후로도 계속해서 쫓아오는 사대마종의 이름들.

"답하지 않는구나. 하기야 이리 적으로 만났는데 여유롭게 문답만 하기도 어색한 법이지."

천랑군주의 눈에 떠오르는 광포함이 절정에 달했다.

"박살이 나서도 그리 뻿뻿할지, 어디 한 번 보겠다."

그의 왼발 뒤꿈치가 살짝 땅에서 떼어졌다.

'온다!'

파아아앙!

한순간에 치달아 오른 집중력 때문일까?

이번에는 눈앞의 중년인이 발한 움직임이 보였다.

그러나 보이는 순간 현재는 과거로 밀려나 버릴 만큼 그 속도가 엄청나게 빨랐다.

목표는 벽란이 아니라 강비였다.

퍼어어엉!

'큭!'

완전히 힘으로 밀려 버렸다.

발이 남긴 고랑이 점점 깊어지며 거의 발목까지 잠겨 버렸다.

강철 같은 체력이 아니었다면 이미 허리가 뒤틀리고 하체의 관절들이 죄다 박살 났을 일격이었다.

'좌측, 슬격(膝擊)!'

퍼억!

튕겨 나가는 육신.

코와 입에서 뿜어지는 핏물이 허공을 수놓았다.

위험한 공격을 받았다.

자칫 잘못했다면 머리통이 통째로 날아갈 뻔한 공격이었다.

딱히 집중력이 모자랐던 것도 아닌데, 죽을 고비를 넘겼다.

'어떻게?!'

슬격 세 번.

허공에서 무릎으로 찍어 내렸는데, 그것이 어떻게 삼단의 연환격이 될 수 있는지 의아해할 순간조차 없었다.

공중에서 사라진 천랑군주가 이미 품 안까지 따라붙었다.

기가 질릴 만한 속도다.

불가해한 움직임이다.

제아무리 대단한 고수라 해도 이 속도와 움직임은 진정 정상이 아니다.

사람과 싸우는 것인지, 번개와 싸우는 것인지 분간이 안 갈 정도였다.

벽란조차도 두 사람의 공방이 너무 빨라 돕지 못하고 있었다.

쾅! 쾅! 쾅!

'대단하구나.'

육신에 아로새겨지는 충격이 거세어지는 와중, 정신을 집중해도 모자랄 시간에 강비는 때 아닌 감탄만을 연발했다.

상대방이 펼치는 막강한 무력에 대한 감탄이었다.

'이런 강함도 존재할 수 있는 것인가.'

강함의 종류가 다르게 느껴졌다.

서문종신이나 진관호의 강함과는 다른 강함.

엇비슷한 경지라 해도 이처럼이나 자신을 몰아붙이려면 무공 자체의 특성을 따져 봐야 할 일이다.

강호에 나선 순간, 강비는 지금처럼 손도 못 쓰고 당한 적이 없었다.

'어떻게 이런 움직임을…….'

거의 신들린 듯 몰아쳐 오는 무공이다.

강비의 무공이 무수한 실전으로 다져진 투법이자

살법이라면, 천랑군주의 무공은 투로 자체가 괴이함의 절정이었다.

육안으로 따라잡지 못할 속도는 둘째 치고서라도, 도저히 생각할 수 없는 각도에서 치고 들어오는 공격은 공포를 넘어서 경이로움을 선사하기에 이르렀다.

콰직!

'부러졌나.'

복부의 일격.

순간적으로 틀지 않았다면 장력으로 내장이 다 박살 났을 터다.

우측 갈비뼈 상당수가 부러졌다.

등골이 다 오싹하다.

후려치고 밀어내는 천랑군주의 압도적인 강함 앞에서 강비는 속수무책일 수밖에 없었다.

속도도 문제지만, 맨손 백타(白打)의 경지가 그야말로 신의 경지에 달한 자였다. 그처럼 빠르게 공격을 감행하면서도 완급의 자유로움이 완벽, 그 자체였다.

그나마 미세한 차이로 치명상을 면하는 게 최선이었다.

그러나 이만큼의 충격이 계속 누적된다면 저승으로

가는 것도 시간문제였다.

'이런 놈이 있나!'

강비가 천랑군주의 무력에 경이로움을 느끼고 있었다면, 천랑군주 역시 강비에게 경악을 아니 할 수 없었다.

적이라고 인정하는 순간 자비는 없다.

지금 눈앞의 청년에게 퍼붓는 공격들이 어설플 리 없다.

밑바닥까지 끌어낸 전심전력은 아니더라도, 진정 죽일 각오를 하면서 손을 쓰는 와중이다.

한데 진즉 무너졌어야 할 강비가 아직까지 꿋꿋하게 버티고 있는 것이다.

예상대로라면 십 합 안에 육신이 걸레처럼 박살 났어야 정상이거늘.

파라라락!

퍼억!

'이것도?!'

팔 하나를 박살 낼 각오로 뻗은 일 장이 타박상으로 끝나 버렸다.

순간적으로 몸을 틀어 공격의 대부분을 상쇄하는

능력이 눈부셨다.

그만한 내외상을 입고도 이런 민첩성을 보일 수 있다는 것, 헤아릴 수 없는 실전 경험과 타고난 재능이 없다면 불가능에 가까운 일이었다.

휘리리릭!

찌이이익!

틈을 노린 강비의 조수(爪手)가 천랑군주의 소매를 잡아 뜯었다.

제대로 들어갔다면 아무리 강철 같은 천랑군주의 육신이라 해도 손목쯤은 탈골될 만한 공격이었다.

'반격까지… 놀랍군!'

고수들 간의 격전에서 한 수의 차이란 언제 어떻게 뒤바뀔지 모르는 간소한 차이지만, 동시에 평생 좁혀지지 않을 차이가 되기도 한다.

천랑군주가 이룩한 경지가 강비에 비해 한참이나 위임을 생각한다면 이처럼 반격까지 당하는 상황은 확실히 놀랍다 아니 말할 수 없는 것이다.

'도대체 어디서 이런 인재가 나타난 것인가?!'

천부적인 무재(武才)에, 천하에서도 손꼽히는 절공(絕功)을 익힌 것이 분명했다.

더하여 차고도 넘칠 만큼의 경험까지 엿보였다.

이러한 인재를 직접 죽여야 한다니, 천랑군주로서는 안타까운 마음이 들 정도였다.

퍼억!

강비의 몸이 천랑군주의 각법을 피하지 못해 비틀거렸다.

상반신이 거의 반이나 돌아갈 정도로 막강한 일격이었다. 제때 힘을 빼지 못했다면 척추가 으스러졌을 터. 그만큼의 파괴력을 감당한 강비의 얼굴도 창백하게 질려갔다.

'이만 끝내야겠어.'

마무리를 짓겠다는 듯, 천랑군주의 손이 냉정하게 뻗어 나갔다.

참뢰장이라는 이름의 장법.

마치 벼락이라도 쏘아지는 듯했다.

강비의 눈동자가 신광(神光)을 발한 것도 바로 그 때였다.

돌아간 상반신 그대로 체중을 실어 일세의 회전을 머금었다. 몸 전체가 한 줄기 돌풍이라도 된 듯 맹렬히 회전하며 내뻗는 팔에 거력을 더했다.

휘리릭!

퍼어엉!

손바닥과 손바닥이 마주쳐 폭발했다.

장력과 장력의 마주침이었다.

처음으로 피하지도, 당하지도 않은 채 당당히 맞선 공격이었다.

천랑군주의 눈에 놀라움이 깃들었다.

"커헉!"

반면, 강비는 대여섯 걸음을 물러서며 피를 토했다.

천랑군주의 무력은 가히 충격적이었다.

어떻게든 마주 공격했지만, 팔 하나가 날아갈 것처럼 은은하게 떨렸다.

체내로 침투한 진기가 무섭도록 기혈을 헤집어놓았다.

심각하기 짝이 없는 내상이었다.

그럼에도 강비의 눈은 이글이글 타오르고 있었다.

강자와의 생사대전 속에서 가슴 깊숙한 곳에 꽁꽁 숨겨둔 호승심과 오기가 치솟았다.

언제나처럼 생명, 그 자체를 불사르는 투지이자 집념이었다.

파바박!

물러서며 피를 토하면서도 재차 질주했다.

몸의 상세 따위는 중요한 것이 아니라는 듯, 피를 흩뿌리며 다가서는 강비의 모습은 섬뜩해 보이기까지 했다.

파앙! 파앙!

일타(一打), 일격에 실린 경력이 엄청나게 무겁다.

치명적인 발경(發勁)이었다. 허공을 폭발시키는 경력이었다. 집중력이 극에 이른 강비의 무공은 천하의 천랑군주조차 쉽사리 막기가 곤란했다.

장중하고 호쾌한 권격(拳擊)으로 보이지만, 그 안에는 수준 높은 전사경(轉絲勁)과 유려한 무리(武理)가 함께하고 있었다.

본능이든 본래의 기량이든.

공격을 감행하면서도 점차 천랑군주의 무공에 맞서는 강비였다.

'익숙해지고 있다?!'

기량이 한참이나 낮은 놈이 점점 자신의 공격을 피해내면서 반격을 해온다.

경지에 이른 고수라 할지라도 파악해 내기 힘든 투

로임에도 반응속도가 이전과 다르다.

내상까지 입은 상태임을 감안한다면 실로 기겁할 일이었다.

천랑군주는 자신의 생에 있어 이보다 더 출중한 재능을 가진 사내를 다시 만날 수 없을 거라 확신했다.

하지만 둘의 차이는 깊고도 넓은 것.

진지하게 굳어진 천랑군주의 눈이 시린 광망을 토해냈다.

콰아앙!

"커허억!"

참뢰장의 발경이 강비의 가슴 앞, 일 촌 거리에서 터졌다.

피 분수를 쏟아내며 날아간 강비가 등효의 옆으로 힘없이 쓰러졌다.

돌이킬 수 없을 만큼 심각한 내상을 입은 게 분명했다.

다량의 출혈과 푸르죽죽한 얼굴을 보면 당장 숨이 넘어가도 할 말이 없겠다.

천랑군주는 자신의 손을 바라보았다.

은은하게 떨리는 손.

과하게 공력을 넣은 감이 있지만, 그렇다고 손에 이상이 있을 만큼 자신의 경지는 낮지 않다.

그렇다면 무엇을 뜻하는가.

'엄청난 반탄력이다.'

상대의 체내에서 일어난, 무지막지한 기의 파동으로 인해 몸 전체가 삐걱거릴 정도였다.

궁극의 영역으로 발을 들이고 있는 그가 내상까지 입을 반탄력이라면 중원 천하 어디서도 찾아보기 힘든 기의 공부라 봐도 무방했다.

천랑군주의 눈에 진득한 살기가 어렸다.

'죽여야겠어.'

조금 전이라고 살려줄 마음이 있던 건 아니지만, 이제는 확실한 경계감이 생겼다.

상대의 몸에 있던 거대한 기의 소용돌이를 느껴 버린 지금, 천랑군주에게 강비라는 인물은 예측 불가의 잠재력을 가진 천재에서 대적(大敵)이 될 가능성이 있는 호랑이로 바뀌었다.

만약 모든 잠재력을 끌어낸 눈앞의 청년이 비사림을 향해 칼날을 겨눈다면…….

'본 림에 악몽이 될 수도 있겠군.'

사람 한 명의 힘이 커봐야 얼마나 클 것인가. 하나 그것도 어느 정도인 법이다.

상식을 거부할 만큼의 경지를 이룬 고수의 힘은 그 어떤 방벽으로도, 방법으로도 막을 길이 없다. 흔히들 초월자라 칭해지는 이들, 궁극의 영역 속에 살아가는 고수들은 이미 존재 자체가 불가해(不可解)인 법.

혼자서 문파 하나를 파멸시키는 것도 우습게 해낼 수 있는 괴물들인 것이다.

'이 정도 연배에 이만한 무공. 앞날이 걱정된다. 아깝구나. 본 림에 왔다면 그야말로 홍복이었을 터인데.'

천랑군주의 손이 천천히 허공으로 들어 올려지고…….

그의 손에서 은은한 광채가 어릴 때였다.

콰콰쾅!

갑작스레 터진 폭음은 천하의 천랑군주조차 충분히 놀라게 만들었다.

그의 눈이 사방을 훑었다.

"뭐냐?!"

그를 중심으로 땅이 모조리 터져 나갔다.

어떤 조화에 의한 일인지는 모르겠지만, 이상하게도 육신에 피해는 없었다.

위이이이이잉!

놀라운 것은 그것이 아니었다.

어느 순간, 풍경이 이지러지기 시작했다. 마치 봄날의 아지랑이처럼, 세상 모든 것이 변화했다.

제아무리 경천의 무력을 가진 천랑군주라 해도 지금의 변화 앞에서는 당황하지 않을 수 없었다.

우우웅.

화르르!

겨울을 벗어나 봄의 힘찬 생동을 알리는 산은 어디로 갔는지, 천랑군주가 선 곳은 가히 지옥에서나 볼 법한 황량한 땅으로 변모해 있었다.

곳곳에서 불길이 치솟고 하늘은 어둡다.

저 멀리 우뚝 솟은 돌산에서는 용암이 터져 나왔고, 쏟아지는 비는 물방울이 아니라 화염을 머금은 유성이었다.

"환진(幻陣)! 술법이구나!"

술법으로 만들어진 이계(異界)의 영역이었다.

그것도 단순히 만들어진 것이 아니라, 기(氣)의 운

용이 극한에 달한 천랑군주조차 어디가 생문(生門)인지 파악하기 난해한 고도의 술력 진법이었다.

"그 계집이……."

청년에게 너무 신경을 썼던 탓일까? 설마 이런 식으로 뒤통수를 맞을 줄은 몰랐다. 뼈아픈 실책이었다.

화아아아악!

퍼어엉!

저 멀리서 내리꽂히는 유성 한 줄기가 땅에 무자비한 고랑을 만들어냈다.

재빨리 피해내지 않았다면 직격을 당했을 터. 무사치 못했을 것이다. 환상 속의 진법이지만 모든 열기와 촉감이 진실과 다르지 않았다.

심안(心眼)으로도 파악할 수 없는 곳.

환상이라도 불에 델 것이고, 유성에 맞으면 죽을 것이다.

천랑군주의 눈이 스산하게 빛났다.

그 무렵.

"정신이 들어요?! 어서 일어나요!"

"쿨럭!"

한 사발의 피를 토한 강비가 천천히 땅을 짚고 일어났다.

꼴이 말이 아니다.

전신이 피투성이에 얼굴은 새파랗게 질렸다. 뼈가 부러진 곳도 일일이 세기 힘들다. 이래서야 차라리 시체가 더 멀쩡해 보일 정도였다.

벽란의 얼굴도 자연 심각하게 굳어졌다.

'천랑군주! 이 정도일 줄이야…….'

비사림의 칠군주가 강한 건 당연하다지만, 이건 도를 넘어섰다.

지금의 강비라면 중원 천하 어디를 가도 대접을 받을 만한 무력을 갖춘 무인이었고, 심지어 발전 속도 역시 타의 추종을 불허했다.

그럼에도 당했다.

압도적으로.

초혼방과 달리 나머지 세 곳은 대대적인 세대 교차가 있었다고 들었거늘, 군주들의 무력만 본다면 비사림 역시 과거와 큰 차이가 나지 않을 듯싶었다.

말로만 듣던 칠군주의 무력을 새삼 실감하는 벽란이었다.

'환신부를 써야 해.'

대자연의 기를 강제로 모아 치유에 힘을 써야 할 시기였다.

급박한 상황에서 할 짓은 아니지만, 아주 잠시라면 활로가 열릴 수도 있다.

그녀가 부적 하나를 빼 들어 주(呪)를 외우려 할 때였다.

"내 품을……."

거의 죽어가는 목소리.

강비의 목소리가 아니었다.

등효.

등효가 힘겹게 눈을 뜨며 말하고 있었다.

"품에서… 단약을 꺼내시오."

분명 심각한 내외상을 입어 기절을 했는데도 그 짧은 사이에 정신을 차렸다.

이렇게까지 튼튼한 사람이 또 있을까. 벽란의 얼굴에도 놀라움의 감정이 서렸다.

"정신을 차렸나요?"

"마냥 기절해 있기에는 주변이 너무 시끄러웠소."

굉음이 터지고 지진에 가까운 울림이 사방으로 퍼

진 전투였다.

이해가 가지 않는 건 아니지만, 그럼에도 놀랍기 짝이 없는 일이었다. 강비도 강비지만, 처음 본 이 거대한 덩치의 남자 역시 측량하기 힘든 괴물이 분명했다.

후우웅.

기이한 소리가 들리는 것 같다.

환청에 가까운 소리.

눈을 감은 벽란이지만, 그녀는 그 소리의 진원지가 눈앞의 등효라는 사내에게서 시작되었음을 알 수 있었다.

'회복?!'

거의 대부분의 공력을 소모하고 외부의 상처는 물론 내부도 엉망이 되었을 텐데, 벌써부터 자욱하게 일어나는 진기가 있었다.

처음은 미약하게 일어났으나 곧 꿈틀거리며 수복하는 기세가 범람하는 강물과도 같았다.

더 놀랄 것도 없다 생각했거늘, 또다시 놀라고 말았다.

"그런 괴상망측한 표정 지을 것 없소. 섭취한 명약의 도움이 컸을 뿐이니까. 지금은 그게 문제가 아니지 않소?"

벽란은 퍼뜩 정신을 차렸다.

등효의 말이 맞다.

지금은 등효의 무지막지한 회복력을 보며 감탄을 할 때가 아니었다.

그녀가 재빠르게 강비의 몸을 세웠다.

자꾸만 기울어지는 몸.

가부좌는커녕 제정신을 차릴 수나 있을지 의문이었다.

"아까 단약이라고 하지 않았나요?"

"그렇소. 손가락 하나 까딱하기 힘드오. 내 품에서 단약을 꺼내 그에게 먹이시오."

그의 품에서 조그마한 주머니를 하나 꺼내는 벽란이었다.

비단 주머니.

뭔가 대단한 물건이라도 들어 있는 듯 비단의 재질도 최상이었다.

"이게 뭐죠?"

"투신단이라는 약이오. 잠재력을 격발시켜 한 시진 정도 갑절에 가까운 힘을 내게 할 수 있소. 통증을 완화시켜 일시적으로 고통을 느끼지 않게 되기도 하오."
벽란의 눈썹이 찡그려졌다.
"그런 걸 지금 강 공자에게 먹이라고요?"
"강 공자, 강 씨인가……. 어쨌든, 그렇소."
"제정신이에요?! 이렇게 심각한 부상을 입은 상황에서 그런 증폭용 단약을 먹이면 목숨이 날아가요!"
"알고 있소. 그러나 당신이 있잖소?"
"네?"
"당신, 술법을 익혔더군. 그것도 대단한 수준으로. 당신 정도의 술법사라면 약 기운이 소멸되기 전에 그를 되살릴 묘책이 있을 거요. 방금 전에도 뭔가를 시도하려 하지 않았소?"
등효의 눈은 여전히 힘이 없었지만, 예리했다.
육체가 초주검이 된 상태에서도 상대를 보며 기량을 파악하고 능력을 파악한다.
천랑군주의 육감도 대단하지만, 등효의 예리한 안목도 경탄할 만했다.
벽란은 진짜로 놀라 버렸다.
"어떻게……?!"
"지금 그런 걸 따질 때가 아니오. 도박이라도 해야

할 판이오. 가만히 손 놔두고 있다가는 다 죽어서 후회도 못할 거요. 서두르시오."

맞는 말이었다.

등효의 말대로 투신단의 공능이 그와 같다면 도박을 걸어볼 만했다.

사느냐 죽느냐, 확률로 따지자면 반반이다.

그러나 주저하다가는 그 조금의 확률까지도 날리게 될 것이 분명했다.

벽란은 비단 주머니에서 단약을 꺼내 강비의 입을 벌려 넣어주었다.

목의 혈도를 쳐서 넘기려 했지만, 어떤 조화인지 혀에 닿는 순간 녹아서 식도로 넘어간다.

강비의 몸에서 일순 자욱한 기가 뿜어져 나오고, 등효의 눈이 반짝거릴 때였다.

콰광!

아무것도 보이지 않는 허공에서 기이한 폭음이 터졌다.

벽란의 얼굴이 굳어졌다.

콰콰쾅!

또다시 터지는 폭음.

'공간이…… 벌써 파괴를?!'

천랑군주의 대단한 무력을 목도했지만, 이건 또 다른 감탄이자 경이였다.

혹시 몰라 두 달 동안 공을 들여 만든 세 장의 개문환진부(開門幻陣符) 중 두 개를 쏟아서 술법의 이계로 보내 버렸는데, 그걸 벌써부터 부수고 있다.

궁극의 영역을 엿보는 자의 진정한 힘은 그처럼 대단했다.

"정신을 차려요! 지금이 아니라면 위험해요!"

술력을 한껏 쏟아부은 외침.

투신단이라는 단약이 정말 대단한 약이기는 한가보다.

강비의 눈에 점차적으로 초점이 맺히고 있었다.

마침내 확 퍼진 기운이 옅어졌다.

잠력을 격발시키는 투신단의 공능이 찰나지간 육신을 사로잡았다.

메마른 단전에 고인 미약한 패왕진기를 기어이 끄집어내 전신으로 찢어 보냈다.

동시에 증폭시키는 힘.

터진 살가죽에서 다시 한 번 피가 흘렀다.

붉은 피가 아니라 전투 와중에 입은 탁기로 인한 탁혈이었다.

강비의 몸이 부지불식간 바닥에서 튕겨 나갔다.

“강 공자!”

강 공자라는 외침.

마침내 강비의 눈이 제대로 초점을 잡았다.

‘제길… 골이 다 땡기는군.’

정신을 차리는데, 묘하게도 전신에 활력이 넘쳤다.

몸이 부서질 것 같은 통증도 사라졌고, 당장 주먹을 내지를 수 있을 것만 같았다.

그의 눈이 기괴한 폭음을 연발하는 허공을 향했다.

세상에 이런 광경이 또 있을까 싶을 만한 모습이었다.

아무것도 없는 허공이 이리저리 뒤틀리며 산천을 떨게 할 만한 굉음을 냈다.

아무래도 벽란이 어떤 조화를 부려 천랑군주를 가둬둔 모양이었다.

강비의 눈이 벽란과 등효를 훑었다.

급박함과 반가움이 섞인 벽란의 얼굴, 그리고 힘은

없지만 입가에 자그마한 미소를 띤 등효의 얼굴이다.

상황 파악은 빨랐다.

어떤 조화로 정신을 차렸는지 모르겠지만, 이대로 있어서는 안 된다는 걸 본능으로 깨달았다.

"가자!"

재빨리 등효를 들쳐 업고 그가 쥔, 길쭉한 물건까지 손에 든 채 한 점 머뭇거림 없이 신법을 전개했다.

자신이 천랑군주와 싸운 이유는 그를 이기거나 죽이기 위해서가 아닌, 이 정체불명의 남자를 구하기 위함이었다.

벽란 역시 서둘러 강비의 뒤를 따랐다.

세 사람의 신형이 무서운 속도로 멀어져 갔다.

그리고 얼마 후.

찌이이이익!

쾅!

비단이 찢기는 듯한 소리와 한 번의 폭음이 연이어 산을 울렸다.

어느 순간, 아무것도 없는 허공에서 천랑군주의 몸이 훅, 하고 튀어나왔다.

낭패한 몰골이었다.

옷 여기저기는 찢기고 시커멓게 그을려 이전의 고아한 모습과 거리가 멀었다.

머리도 산발이 되어버린 것이, 제대로 고생한 모양새였다.

그러나 폭발적인 광기를 담은 두 눈동자만큼은 이전과 전혀 다를 바가 없었다.

오히려 더 깊어진 듯도 싶었다.

"도주라……."

사방 어디를 둘러보아도 세 사람의 모습이 보이질 않았다.

흐릿한 혈향과 족적만이 이곳에서 전투가 벌어졌음을 보여주고 있었다.

"벗어날 수 있을 성싶은가."

얼굴 전체에 노기를 띤 채 은은하게 느껴지는, 불안정한 기도를 따라 천랑군주의 몸도 쏘아지듯 땅을 박찼다.

환진 속에서 굉장한 고생을 했음에도 전혀 기량이 줄어들지 않은 모습.

절대적인 무력을 가진 초고수의 역량이 온몸에서 흘러넘치고 있었다.

콰아아앙!

대단한 속도로 신법을 전개해 뒤를 쫓는 천랑군주.

아직 끝나지 않은, 또 다른 싸움의 시작이었다.

2.
신병(神兵)

공령의 눈이 한껏 굳어졌다.

단언컨대, 그는 살면서 지금처럼 심각한 상황을 몸소 겪은 적이 없었다.

"신마주가 종적을 감췄다……?"

세상 그 어떤 신비한 물건이 있어 신마주의 마기를 가둘 수 있을까.

세상 그 어떤 신비한 사람이 있어 신마주의 마기를 속일 수 있을까.

아무리 생각해도 알 수가 없었다.

신마주의 압도적인 마기를 추적하는 가운데, 어느

순간 그것이 뚝 끊어져 버렸다.

즉, 신마주의 행방이 묘연해져 버린 것이다.

그의 앞에 부복한 검은 옷의 괴인이 고개를 조아리며 말했다.

"추적하고 있는 술사들과 용곤문의 무인들까지 모두 종적이 묘연합니다. 그들의 술력을 쫓았지만, 그들마저도 증발이 된 듯 찾을 수가 없었습니다."

공령의 손가락이 의자를 툭툭, 건드렸다.

심각하게 굳어진 그의 얼굴은 도통 펴질 기미가 보이질 않았다.

"신마주는 물론, 신마주를 쫓는 술사와 무인들의 흔적도 찾을 수 없다? 괴이한 일이군."

엄청난 심동을 겪는 사람의 입에서 나온 말치고는 지나치게 담담한 감이 있었다.

그러나 부복한 검은 괴인, 흑괴(黑怪)는 알고 있었다.

지금 공령은 보여줄 수 있는 분노의 끝을 보이고 있다는 걸.

"신마주는 그리 흔적이 사라질 만한 물건이 아닌데. 하물며 보물을 쫓는 술사와 무인들의 흔적까지 사라졌다? 뭔가 일이 터지긴 했군. 설령 도력 높은 도사들이라 할지라도 이런 괴상망측한 일을 행하기는 힘든 법이지. 술사들이라 해도 마찬가지. 도력과 술력은 물론, 지략과 계략, 모든 걸 벗어난 일이야. 그렇다면 그 모든 걸 초월한 어떤 존재가 개입했다는 뜻인데……."

감정이 격한 와중이라도 냉철하게 상황을 분석할 수 있는 머리.

공령의 가장 큰 장점이었다.

비록 강호에 알려지진 않았으나, 술가(術家)에서 압도적인 영향력을 자랑하는 영왕문의 소문주라는 자리는 그만한 자격이 되어야만 얻을 수 있는 대좌(大座)라는 걸 스스로 증명해 보이고 있었다.

"이 구주천하(九州天下)에서 신마주를 감당할 만한 초월자라면 몇 되지 않지."

"그렇습니다."

"술가 쪽 인물이라 보는가?"

"조사 중에 있습니다만, 제 생각에는 희박한 가능성이라 사료됩니다."

"그렇겠지. 술가 쪽에서 누군가가 나섰다면 우리가

몰랐을 리가 없어. 당연히 잡기(雜技)나 쓸 줄 아는 도사 나부랭이도 아닐 터."

"역시……."

공령의 입가에 피식, 허탈한 웃음이 새어 나왔다.

"구파, 그것도 전대의 초거물이 개입했다고 보는 게 가장 가능성이 높겠어. 그도 아니라면 그에 준하는 암중 세력이라든지. 어쨌든 곤란하게 된 셈이군."

단순히 곤란한 수준이 아니었다.

신마주는 극한의 마기를 담았지만, 사용법에 따라서 그야말로 무궁무진한 조화를 일으킬 수 있는 절대적인 보물이었다.

전설에나 나올 법한 괴물은 물론, 자연재해에 생사마저 뛰어넘을 수 있는 혼(魂)의 비기(秘技)까지도 연성 가능하게 만드는 궁극의 물건인 것이다.

그 힘이 지나치게 거대하여 아직까지 제대로 사용하지 못했을 뿐, 신마주의 힘을 십분지 일만 사용해도 권속인 마랑 따위 수백 마리쯤은 우습게 만들어낼 수 있었다.

그 작은 구슬을 위해서 술가 최강의 단체라는 초혼방과 영왕문이 연수합격까지 했을 정도이니, 단순히 곤란하다고 치부하기에는 사건이 지나치게 커져 버린 셈이었다.

세상천지를 뒤져도 그만한 조화를 일으킬 만한 보물은 손에 꼽을 정도였다.

“조금 더, 신경을 써야 했나.”

사실 신경을 더 쓸 것도 없었다.

존재 자체가 불가해(不可解)의 영역에 달한 보물이다. 쥘 수 있는 자도 거의 없고, 심지어 다가가기만 해도 마기의 침습을 받아 광인이 되어버릴 물건에 어떤 신경을 또 쓸까.

“지나 버린 일에 후회하는 것만큼 무의미한 일도 없는 법이지. 흔적은 어디서 끊겼다고?”

“절강 북부, 강소의 경계선 부근이랍니다.”

공령의 눈에 이채가 스쳤다.

“비사의 무리들이 그쪽에서 활동하고 있다는 보고를 받은 것 같은데?”

“예. 비나충들이 누군가를 쫓고 있다 들었습니다. 추측 중에 있으나, 기진이보를 탈취할 목적인 듯합니다.”

“기진이보라……. 비사림이 신마주를 탈취했을 가

능성은?"

"비사림주 혹은 칠군주 중 셋 이상이 움직였다면 모를까, 불가능하다고 사료됩니다. 설령 비사림주가 왔다 해도 신마주의 마기를 이토록 조용하게 감출 수 있다고는 판단할 수 없습니다."

"옳은 말이야. 어쨌든 한 다리 건너 아는 형편인데 마냥 불편하게 지내기도 곤란한 일이지. 그쪽에 누가 파견되었지?"

"천랑군주입니다."

"천랑군주? 작정을 했군. 하필이면 그 사람이라니. 쫓고 있는 기진이보가 보통 대단한 물건이 아닌 모양이다."

그의 눈동자가 침착하게 가라앉았다.

'벽란이 향한 곳도 절강 북부. 그렇다면 군신의 예언을 받은 이도 그쪽이겠지. 천랑군주와 만날 가능성은 낮아. 신마주를 탈취한 건 벽란의 무리. 그렇지만 그녀는 물론, 무리의 어떤 자들도 신마주의 마기를 숨길 수 없어. 하면 중간에 어떤 사건이 발생했다는 뜻인데…….'

잠시 고심하던 공령이 이윽고 명을 내렸다.

"초혼방에 연락을 넣어라. 무신성을 움직여 달라고 청해."

"무신성 말씀입니까?"

"법왕교는 신경도 안 쓸 것이 뻔하고, 비사림은 어차피 부탁을 한다 해도 워낙 제멋대로라 골치만 아플 거다. 게다가 하는 일도 있으니 남는 건 무신성뿐이야."

무신성.

철혈의 무인들이 속해 있는, 강자존의 무자비한 단체.

사대마종 중에서 법왕교와 함께 그나마 정상이라 볼 수 있지만, 그 저력만큼은 가히 압도적인 무신(武神)의 집단이다.

사대마종 중에서도 단순히 무공, 무력만 보자면 최강에 가까운 집단이라 해도 과언이 아니었다.

"벽란은 사로잡고 광풍의 군신, 그놈은 척살하라 전해. 나머지 놈들도 모조리. 그리고 검노(劍奴)를 붙여."

"남궁세가까지… 말씀이십니까?"

"이참에 주인이 누구인지 톡톡히 알려줘야지. 너무

오래 방치해 뒀어. 게다가 어차피 한 번 정리할 생각 아니었나? 무신성이나 남궁세가나, 훗날에는 방해가 될 요소를 충분히 가진 단체들이다. 이참에 가벼운 알력 싸움 정도는 부추겨 주는 게 나쁜 일은 아니야."

"알겠습니다."

공령.

영왕문의 소문주.

까마득한 과거, 술사들이 서로의 공부를 위해 모여든 단체가 하나의 거대한 성을 이루고 마침내 천하 창생을 위해 움직이니, 그것은 곧 보이지 않는 곳에서 세상을 수호하는 암중의 수호자라…….

그러나 작금의 영왕문은 과거 극소수만 알던, 그러한 수호자가 되지 못했다.

오로지 일문의 영화와 세상을 향한 집착만이 가득할 뿐이었다.

시대의 패자(覇者)로 키워진 공령의 눈에 흐르는 것은 선하게 빛나는 정기가 아닌, 냉철하기 짝이 없는 효웅(梟雄)의 스산함이었다.

* * *

"당분간은 찾지 못할 거예요. 그것도 삼 일 안에 발각이 되겠지만."

신비로운 부적 하나로 커다란 동굴 전체를 이계처럼 만들어 버린 벽란의 말이었다.

주변 풍경이 바뀌지는 않았지만, 강비는 그 누구도 찾아오지 못하리라는 걸 충분히 깨달을 수 있었다.

"몸은 어때요?"

"괜찮아. 뼈는 아리지만. 도대체 어떻게 된 일이야?"

"여기 이분이 준 단약 덕분이에요."

등효가 고개를 저었다.

"이제 곧 전신에 가득한 활력은 사라질 거요. 사라지는 순간 지옥을 경험하게 되겠지. 술사분은 서두르는 게 좋소."

"이게 도대체 무슨 말이야?"

간결하게 설명하는 벽란이었다.

강비는 혀를 내둘렀다.

"그런 신기한 단약이 실재하다니, 정말 강호는 모를 동네로군."

"한가한 소리를 할 때가 아니에요. 자칫하다가는 전신의 기가 폭주해요. 가부좌를 틀어요."

용케도 그 자리에서 빠져나와 일차적인 위협을 벗어났지만, 이제부터는 또 다른 싸움의 시작이었다.

강비는 가부좌를 틀고 최대한 집중력을 발휘하여 온몸을 휘도는 패왕진기를 천천히 붙잡아 도인했다.

투신단이라는 단약의 공능은 분명 놀라운 데가 있었다.

보통 이런 공력 증폭의 효과가 있는 단약이라면 원정에 크게 손상을 주기 마련이다.

한순간의 위협 속, 목숨을 보전하기 위해서라면 분명 유용한 명약이지만, 그 후유증은 목숨의 대가에 합당할 정도로 치명적인 경우가 대부분이었다.

사람에 따라 원정이 손상되어 폐인이 될 수도 있고, 심각한 경우는 약효가 끝나는 순간 즉사하기도 한다.

위험하기 짝이 없는 약이지만, 이마저도 만들 수 있는 자가 거의 없는 실정인지라 부르는 게 값이었다.

이 투신단은 또 달랐다.

후유증을 최소화한 단약이라는 느낌이었다.

원정이 흔들리고 과하게 뻗어 나간 진기 때문에 혈

맥 곳곳이 손상되었지만, 애초에 목숨까지 날아가진 않을 거란 느낌이 강했다.

그러나 그것도 상황에 따라 다른 법.

심각한 내상으로 내부가 엉망이 되어버린 강비에게는 최소화된 후유증만으로도 치명적이었다.

급하게 치료가 들어가야 하는 이유였다.

벽란의 입이 달싹였다.

중원의 언어가 아닌, 고대의 언어.

그것도 대륙 쪽의 언어라고 보기 힘든 기이한 울림이었다.

양손을 맞잡고 묘한 도형을 그리며 달싹이기를 한참.

후우웅.

그녀의 전신에 희뿌연 광채가 어리기 시작했다.

슬슬 투신단의 약효가 풀리는지 온몸에서 식은땀을 흘리는 강비의 등쪽에 앉아 명문에 손을 댔다.

쓰욱, 하고 파고드는 광채.

등효의 압도적인 회복력과 예리한 안목에 벽란이 놀랐다면, 이번에는 벽란의 초절한 술법에 등효가 놀랄 차례였다.

회복에 만전을 기하려고 했지만, 워낙에 장관인지라 놓칠 수가 없었다.

그녀는 주변 자연 만물의 기를 빠르게 빨아들인 채 치유의 생기(生氣)로 변환시켜 강비의 몸에 쑤셔 박는다.

단번에 과도한 기를 넣으면 위험하다지만, 원체 순하고 온후한 기라 강비의 표정이 급속도로 평안해졌다.

호천패왕기를 격려하고 찢기고 터진 혈맥을 부드럽게 감싸 강건한 흐름으로부터 보호했다.

흔들리는 원정을 꽉 잡으며 오히려 돋우기까지 하니, 투신단의 부작용도 썰물 빠지듯 해소가 되었다.

'대단하다!'

등효는 순수하게 감탄했다.

투신단이 비록 비할 데 없는 공력 증폭의 단약이라지만 그 후유증이라는 것이 만만치는 않을 텐데, 그것을 단박에 완화시키고 치유 능력까지 향상시켰다.

술법에는 무공과는 달리 신비한 수가 많다고 듣긴 했지만, 이런 술수까지 가능하구나 싶었다.

그렇게 얼마나 지났을까.

손을 뗀 벽란의 얼굴은 하얗게 질려 있었다.

고도의 경지에 이른 그녀로서도 기를 거르고 정제하여 전이하는 게 보통 어려운 일은 아닌 것이다.

"괜찮소?"

이전에는 다 죽어가던 강비와 등효가 기운을 차리니 이젠 벽란의 체력이 바닥났다.

"별로 안 괜찮네요."

아무리 술법이 신통방통하다지만, 이런 대단한 술수를 쓰고도 멀쩡할 리가 없다.

부적과 주문을 매개로 대자연의 기와 동조하여 타인에게 전이까지 했으니 그 피로도는 무지막지했다.

어지간한 술사라도 당장에 피를 토하고 쓰러진다 한들 이상할 게 없었다.

'이제는 진짜 위험하게 됐어.'

환신부나 개문환진부나.

애초에 준비했던 공격 이외의 부적을 전부 사용했다.

이제는 맞서 싸울 수밖에 없다.

지금처럼 심한 부상을 급속도로 회복시키는 술수나 단박에 공력을 차오르게 하는 신비한 수는 쓰고 싶어도 쓸 수가 없었다.

운이 좋았는지 어쨌는지.

강비와의 동행은 고생 중의 고생이라 할 만했지만, 그 와중에도 묘하게 생로(生路)는 보였다.

그렇지만 이제부터는 달라질 것이다.

뚫고 나아갈 길밖에 남지 않았다.

그 심각함이 전이된 것일까?

회복에 전력을 다하는 세 남녀의 어깨 위로는 묵직한 진지함만이 감돌고 있었다.

"이제 좀 살겠군."

가장 먼저 정신을 차린 건 강비였다.

벽란의 치유 술법은 상상 이상이어서 당장 죽어도 이상하지 않을 내상을 절반 이상 수복시켜 놓았다.

외상도 기의 활성화로 빠르게 아물어가고 단전도 묵직한 것이, 얼마 있지 않아 본신 실력을 활용할 수 있을 정도로 회복될 듯싶었다.

'게다가…….'

강비는 가슴 언저리를 살짝 눌렀다.

아무런 거리낌도 없이, 그러나 압도적인 존재감으로 맥동하고 있는 진기의 구체가 느껴졌다.

미세한 틈으로부터 흘러나온 실낱같은 기운이 치유에 박차를 가하고 진기의 농도를 더욱 짙게 만들어주고 있었다.

더 이상 벌어지면 위험할 것 같지만, 어쩐지 또 끔찍하지 않는다.

운이 좋은 것인지, 적절한 수준의 기를 뿜어내며 진기를 왕성하게 만들어주었다.

숨을 한 번 들이쉴 때마다 육체가 강건해지는 느낌이다.

한나절 전에 그처럼 박살이 났다고 믿지 못할 정도였다.

그는 주먹을 쥐었다 펴며 혈도를 휘도는 패왕진기를 다독였다.

"이젠 좀 살 만하군."

그다음 깬 사람은 등효였다.

강비도 강비지만, 진짜 놀라운 건 등효였다.

비록 활신단이라는 희대의 명약을 먹었다곤 해도 자체 치유력이 이처럼 대단하다니, 경탄이 절로 나왔다.

기도가 불안정하지만 손가락 하나 까딱하기 힘들었

던 한나절 전에 비한다면, 아기가 청년이 된 것만큼이나 극적인 변화였다.

강비와 등효의 눈이 부딪쳤다.

둘 모두 피로의 지친 눈동자지만, 각자의 색깔이 뚜렷했다.

강비의 나른하고도 위험한 눈동자.

등효의 깊고 강인한 눈동자.

인상부터 눈빛은 물론, 성격까지 무엇 하나 맞지 않는 두 사람이었다.

그러나 묘하게도 두 사람은 서로를 바라보는 눈빛에서 낯설음을 느낄 수 없었다.

"괜한 필부의 부탁으로 고생이 많으셨소."

먼저 입을 연 것은 등효였다.

가감 없이 솔직한 어조.

꾸밈이 없지만 예의는 확실하게 지키는 말투.

쉬이 보기 힘든 성정의 사내였다.

강비의 입가에 자그마한 미소가 걸렸다.

"비싼 술 한잔 사시오."

"내 목숨 값이 술 한잔으로 해결될 정도로 가볍다고는 보지 않소만."

“그럼 스스로 느낀 만큼 사면 되잖소.”

“평생 천하 명주를 맛보게 해줘야 되겠군.”

언젠가 한 번은 들었던 말이다.

‘삼 년 전인가, 사 년 전인가.’

군사들에게 쫓기던, 눈 덮인 야산에서 진관호를 처음 봤을 때였다.

암천루에 들어가면 천하 명주와 진미를 매일처럼 입에 넣어주겠다고 호언장담하지 않았던가.

그때와는 전혀 다른 느낌으로 다가오지만, 나쁘지는 않았다.

“당신이 낯설지 않소.”

“나 역시 그렇소.”

“우리가 언제 한 번 보았던가?”

“내 기억에는 없소만.”

시답잖은 이야기라고 둘은 생각했다.

둘이 서로를 낯설게 생각하지 않는 것은 구면이나 기질의 문제가 아니었다.

둘은 그것을 충분히 느끼고 있었다.

심지어 강비는 이미 한 번 이런 상황을 겪은 적이 있었다.

말로 설명할 수 없는 인연의 이끌림.

전생이라는 것이 진실로 있다면, 아주 가까웠을 것 같은 느낌이랄까.

그따위 헛소리는 애초에 귀담아듣지도 않는 강비지만, 근래 몇 차례 겪은 일들은 그의 성격과 가치관을 조금씩 흔들고 있었다.

'태사부님.'

소요자가 생각났다.

처음 본 태사부라는 사람은 진정 신선과도 같았다.

그가 발산하는 분위기는 습하고 좁은 동굴도 선경(仙境)으로 만들었고, 그가 말하는 언어는 그 자체만으로도 진리와 같았다.

인간의 탈을 벗어 반선(半仙)의 경지에 달한 소요자의 눈에는 세상이 어떻게 보일 것인가.

그와 같은 경지에 달하게 된다면 천리(天理)를 헤아리고 인연의 실을 더듬어 나갈 수 있을까.

'정말 인연이라는 게 있기는 있나 보군.'

어쩐지 그놈의 인연이라는 것, 참 피곤하다는 생각이 들었다.

이 무림(武林)이라는 곳에서의 인연이란 언제나 누

군가의 핏물 속에서 꽃피우는 법이니까.

“등효라 하오. 일인전승, 대산일문의 문주를 맡고 있소.”

“강비요.”

“실로 뛰어난 무예를 가진 분이시오. 그 천랑군주와 싸워 살아남다니.”

강비가 피식 웃었다.

“도와달라면서 기절한 사람이 할 말은 아니외다.”

“진심이오. 천랑군주는 비사림의 칠군주 중에서도 가장 위험한 군주라 손꼽히는 이요. 비록 그 무력에서 제일이라 칭하긴 어려우나 심기와 군재(軍才)가 놀라워 제대로 역량을 발한다면 능히 일만의 대군도 홀로 격파할 만한 무인이라 알려졌소.”

비사림, 그리고 칠군주.

강비의 눈에 희미한 광망이 서렸다.

“칠군주라면… 그러한 자가 여섯이나 더 있다는 뜻이오?”

“일곱에, 그보다 더 강하여 이미 반쯤은 신의 영역에 달했다는 림주까지 있소. 그뿐만이 아니라 휘하에는 수많은 절정의 고수들과 죽음을 두려워하지 않는 마인들이 부지기수로 포진해 있으니 실로 가공하다 하겠소. 비사림의 무력은 중원의 어떤 무력 집단도 비교할 수 없는 막강함으로 제련되어 있으니, 과거 사대마종의 침습에 중원이 버틸 수 있던 것은 순전히 천운이 따랐다고밖에 표현할 길이 없소."

확실히 그러했다.

과거 옥인을 도와주었을 때, 자신과 붙었던 중년의 마인 역시 비사림의 마인이라 추측하고 있었다.

그만한 무인이 어디 흔하던가.

끝이 보이지 않을 만큼 넓은 대륙에서도 결코 쉬이 찾아볼 수 없는 경지에 이른 자였다.

한판 살벌하게 붙었던 광호라는 작자도 비사림 출신이라 하였으니, 진정 비사림과는 말 못할 악연으로 뭉쳐 있는 모양이었다.

그즈음 해서 강비는 진실로 궁금한 것이 생겼다.

이전이었다면 애초에 상관조차 하지 않았을 물음들이, 그의 머리 한구석을 어지럽히며 조용히 떠오르고 있었다.

"잘 알고 있는 것 같아 묻는데, 도대체 사대마종이란 어떤 작자들이오?"

사대마종을 알기야 하지만, 정확하게 어떤 자들인지 모르는 강비였다.

이 정도의 연이 닿는다면 싫어도 알아야 할 수밖에 없으리라는 생각이 강하게 들었다.

등효는 가볍게 숨을 몰아쉬고 입을 열었다.

"사대마종이라 불리는 네 단체에 대해서는 어느 정도 들어봤으리라 생각하오."

"비사림과 법왕교, 초혼방까지 알고 있소."

"다른 한 곳은 무신성이라 하오."

"무신성이라……."

"그들이 사대마종이라 불린 것은 제법 오래전 중원으로 세력을 확장하려 했던 그 순간부터였소. 이유는 단순했지. 세력 하나하나의 힘이 엄청나서 도무지 막기 어려울 지경의 거대 단체라는 이유 하나였소. 그들의 사상이나 목적 따위는 중원 입장에서 상관이 없었소. 다만, 그들이 가진 힘이 대단하다는 것, 그 힘이 정벌에 사용된다면 결코 아름답게만은 끝나지 않을 대난투가 된다는 것뿐이었소."

어쩐지 이해할 수 있을 것 같다고 강비는 생각했다.

거대한 힘은 거대하다는 이유 하나만으로도 충분히

경계심의 대상이 된다.

하물며 자부심이 넘치는 중원 명문대파의 눈으로 볼 때, 그들 개개 문파의 힘을 가뿐하게 넘어서는 단체들이 연이어 나타난 상황을 그리 유쾌하게 받아들이기는 힘들었을 것이다.

그것이 질투나 시기심이든, 단순한 경계심이든.

그러나 의문은 남았다.

"그러나 구파는 광명정대한 문파들로……."

"물론 그렇소. 구파, 그리고 일방이 중원의 기둥이 될 수 있던 까닭은 강력한 무력은 물론 그 정대한 정신에 있다고 볼 수 있소. 그러나 당신도 알고 있을 거요. 세상에 얼마나 많은 사람들이 있는지. 단순히 도교의 경전을 읽고, 불교의 가르침을 얻는다 하여 모든 사람들이 도(道)에 이르는 건 아니잖소?"

충분히 납득할 수 있는 말이었다.

어리석은 농부는 어리석기 때문에 저지를 수 있는 악행의 규모도 작을 수밖에 없다.

그러나 무언가를 배워 지식과 지혜를 쌓은 자가 사고의 방향을 틀게 되면, 그자가 저지를 수 있는 악행의 규모는 가진 지식과 지혜만큼이나 거대하고 강렬해질 수밖에 없다.

하물며 육신에 깃든 힘이 신선에 비할 만하다고 세평에 알려질 정도의 무리들이라면 말할 것도 없었다.

"물론 모든 이들이 그런 것은 아니었소. 그랬다면 애초에 구파일방이라 불릴 자격조차 없었겠지. 그러나 먹물 한 방울로 깨끗한 물이 더럽혀지듯 몇몇 자들에 의해 세외의 네 문파는 사대마종이라 불리며 중원의 적으로 간주되었소. 각기 다른 이상과 목적을 가진 채 중원으로 다가선 그들이 서로 규합할 수밖에 없던 이유가 거기에 있소. 애초에 그 네 단체는 서로를 상관하지도 않았지만, 공교롭게도 같은 시기에 중원 진출을 했다는 점, 그리고 동시에 대륙의 적으로 인식되었다는 점으로 인해 손을 잡을 수밖에 없었소."

"그랬군."

"물론 그네들 중에 마(魔)라는 이름이 어울릴 만한 단체가 없는 건 아니오. 비사림은 이미 존재 자체가 마(魔)라 할 수 있겠고, 초혼방 역시 괴이신랄한 사술로 영육(靈肉)을 천도(天道)의 그물 밖으로 꺼내 멋대로 가지고 노니까. 무신성이나 법왕교는 그들에 비하면 낫지만, 그렇다고 광명정대한 집단이라 평가 받기에는 다소 무리가 있소. 무신성은 힘에 도취되어 가진 힘을 주체하지 못하는 무광(武狂)의 무리들이고, 법왕교 역시 선악의 잣대로 재기에는 무리가 있는 곳이오. 중원의 시야로 볼 때, 이만큼이나 독특하고 괴상한 집단은 또 없을 거요. 몇몇 자들의 교언(巧言)이 힘을 받을 수 있던 까닭도 그들의 특성에 있다고 볼 수 있소."

제법 많은 이야기지만, 또한 함축적인 이야기이기도 했다.

결국에는 그들이 사대마종이라 불릴 수밖에 없던 이유.

처음 의도가 어찌 되었든 대륙의 강호와 새외의 강호가 피 터지게 싸울 수밖에 없던 이유가 거기에 있었다.

"그리고……."

가볍게 숨을 몰아쉰 등효가 눈을 빛내며 입을 열었다.

"본 문, 대산일문은 사대마종 중 무신성이 대륙으로 질주하기 이전부터 그네들과 건곤일척의 승부를 해온 문파요."

강호 정세에 그다지 밝지 않은 강비도 제법 놀랄 만한 정보였다.

강호 음지(陰地)에서 활동하는 곳이 적지 않다는 건 알았지만, 중원에서 그토록 심각히 여기는 사대마종 중 한 곳과 대립하는 문파의 후계자가 눈앞에 있다는 사실은, 그저 그렇다고 치부하기에는 큰 사안이었다.

"대산일문이라는 곳은 일인전승의 문파라고……."

"그렇소, 일인전승이오."

당혹스러움을 느끼지 않을 도리가 없었다.

분명 등효에게서 느껴지는 힘은 놀라운 수준이지만, 홀로 사대마종 중 한 곳과 싸울 만한 수준이라 보기에는 지나치게 약소했다.

설령 구파일방의 장문인, 아니, 암암리에 천하제일인이라 칭해지는 소요자라 할지라도 구대문파 이상 가는 저력을 자랑하는 단체를 홀로 무너뜨리기에는 무리가 따를 것 같았다.

"이 정도 실력으로 어찌 그만한 단체와 상대를 했는가 궁금한 것은 알고 있소."

그렇게 말해오니 천하의 강비로서도 멋쩍음을 느끼

지 않을 수 없었다.

대놓고 실력을 평가한 것과 진배가 없는 것이다.

물론 거짓말로 진심을 감추진 않았다.

"사실 궁금하기는 하오."

"그것은 무신성의 특수성에 기인하오."

"특수성?"

"무신성은 육체의 투쟁력에 미친 집단이오. 심지어 자기들끼리 싸우는 일도 빈번하지. 그런 불안한 집단이 유지될 수 있는 이유는 철저한 상명하복(上命下服) 덕택이지만, 그것만으로는 해결되지 못하오. 스스로의 무공에 자신이 있다면 상급자에게 도전해도 되나 그것은 곧 생사비무이며, 절대적인 무력을 가진 성주의 자리 역시 마찬가지요. 자신보다 강한 자가 더욱 높은 직책에 앉는 것을 너무나 당연하게 여기고, 거기에는 지혜도, 인품도 끼어들 여지가 없소."

"생사비무라는 것이 걸리기는 하지만, 다른 문파도 그러하지 않소?"

"전혀 다르오. 말 그대로 절대적 복종이오. 특히나 성주에 대한 복종은 신을 숭배하는 것과 동일시되오. 인품과 지혜 역시 무소용이오. 단지 성주라는 자리 하나만으로도 무신성의 무인들은 존경하게 되며, 그의 명령을 절대적으로 받들게 되오. 그들은 다른 의미에서의 광신도(狂信徒)라 할 수 있소."

무신성의 성주라는 자리는 그들에게 있어서 도달할 수 있는 끝이자 존경의 대상이라는 뜻이었다.

승려가 부처가 되고자 하는 것처럼, 도사들이 신선이 되고자 하는 것처럼 그들은 무신성의 성주가 되고자 했다.

일생의 목표란 바로 성주의 자리인 것이다.

"지독하군."

"그렇소. 그들의 머리와 눈은 항상 무리(武理)를 탐구하고, 그들의 손과 발은 항상 무공의 투로만을 따라 움직이오. 강해지지 않을 도리가 없는 것이지. 본문의 역대 문주들은 과거 무신성의 성주에게 생사비무를 신청하여 중원으로의 진출을 막았소. 무력 대 무력의 부딪침, 그 생사의 갈림 속에서 맺어진 약속인 것이오."

등효의 눈이 살짝 일그러졌다.

"그러나… 그것도 이전 세대에서 끝나게 되었소."

"이전 세대에서 끝났다는 건?"

"당금의 무신성주를 막을 힘이 본 문에는 없소. 정확하게 말하자면, 나에게 없다고 봐도 좋소. 시간이 흐른 이후라면 또 모르겠지만 그들은 이미 너무나도 거대해져 버렸고, 성주의 무력 역시 천하에서 제일을 다투기에 부족함이 없소. 비사림의 천랑군주 하나 어찌하지 못하는 내 무력으로는 성주와의 생사결은커녕 일초지적도 되지 못하니, 그들을 막을 수도 없지."

"당신과 당신 일문이 제법 대단한 일을 해왔다는 건 알겠지만, 그렇다면 다른 고수에게 부탁해서 무신성주와……."

"내 자존심이 없는 사내는 아니지만, 자만하지 않으려 항상 노력하는 사람이오. 한낱 자존심과 천하 대사를 놓고 경중을 따지는 일에 버거워할 사람은 아니라는 뜻이오. 어찌 그런 생각을 못해봤겠소?"

강비는 깨달았다, 등효가 한 말의 의미를.

"당신이 무신성주에 필적할 만큼 강하다 해도 그들은 쳐들어왔을 거란 말이오?"

"정확하오. 당금의 무신성주는 이전 세대의 성주들과 판이하게 다르오. 지닌 무력을 떠나 그 장악력과 존재감은 가히 전무후무한 수준으로, 단순히 무력의 자존심만을 높이던 이전 체제를 완전히 뒤바꾸어 놓았소. 일대일의 비무? 소용없소. 설령 누군가가 약속을 걸고 이겨놓았다 하더라도 당금의 무신성주는 전 세력을 이끌고 대륙으로 끌고 올 야심을 품고 있소."

"묘하군. 그토록 색이 뚜렷한 단체라면 아무리 성주라 해도 체제를 바꾸기가……."

"그래서 그가 대단한 것이오. 스스로의 야심도 야심이지만, 그는 깨달았소. 지나치게 거대해져 괴물 같이 변해 버린 무신성의 힘은 시간이 지날수록 내부적으로 붕괴되어 갈 것이 자명하오. 그 힘의 분출구를 대륙으로 돌린 것이오."

강비는 탄성을 질렀다.

아무리 제 색이 독특한 집단이라 해도 가진 힘이 거대하면 언젠가 자멸하기 십상이다.

하물며 상급자와의 생사비무가 일상인 무신성이라면 더할 터.

지금까지 유지가 된 것만으로도 기적이 아닐는지.

하지만 단순히 우연과 기적만으로 막아내기 극히 힘들어진 현 상황에서 온전히 쏟아내야 할 목표가 생긴다면 미봉책이라 할지언정 당장의 붕괴는 멈추게 된다.

목적성이 가진 힘이다.

"그나마 초혼방, 비사림, 법왕교는 서로 간의 연계가 어느 정도 수월하지만, 무신성은 거의 동떨어져 나간 집단이라 봐도 좋소. 그 자부심은 홀로 고고하게 만들어 버릴 정도요. 물론 겉으로나마 연수를 했으니 서로를 보완해 주긴 할 터, 그것만으로도 끔찍한 위협이오."

그간 상대를 해와서인지 등효가 하는 말을 듣자니 사대마종 중에서도 무신성의 위협성이 특히 부각되는 느낌이었다.

강비는 가볍게 고개를 저었다.

"대강 알겠소, 사대마종이라는 녀석들에 대해서는."

등효는 가볍게 숨을 몰아쉬었다.

왕성하게 회복이 되는 와중이지만, 말을 너무 많이 해서인지 기도가 다시 불안정해진 느낌이다.

그러나 원체 체력이 좋은 듯, 별다른 기색을 내비치진 않았다.

"어쨌든 살아야 술을 마시든 담소를 나누든 할 거

아니겠소? 이곳을 뚫고 살아남는 방법에 대해서만 궁리합시다."

"아마 비사림의 무리들은 이 일대에 진을 치고 있을 거요."

"천랑군주라는 그 작자 이외에도?"

"그렇소. 시간이 이 정도나 지났으니 필시 본격적으로 자기 휘하의 부대를 불렀을 거요. 그간 쫓아왔던 자들의 무력을 생각하면 결코 쉬이 볼 수 없소. 거기에 천랑군주까지 끼었으니, 작금의 상황이 풍전등화인 건 여전하외다."

"골치 아프게 되었군."

"날 놓고 가시오."

"뭐라?"

"어찌 된 영문인지 처음 본 당신에게 내 목숨의 부탁을 했소만, 당장 사태가 급박하게 되었으니 어찌하겠소? 살 사람은 살아야지. 천랑군주가 비록 마인이라 하나 몸을 피하는 자들까지 굳이……."

강비가 콧방귀를 뀌었다.

"뭔가 멋들어진 말로 스스로를 포장하며 자아도취에 빠지는 취미가 있으시오?"

뒤통수를 때린 것 같은 한마디였다.

등효의 표정이 멍해지고야 말았다.

"이미 그 작자는 나와 벽란이 끼어든 순간부터 함께 추살해야 할 표적으로 삼고 있음은 열 살배기 꼬마도 알 거요. 당신을 놓고 둘이 도주하느니, 조금이라도 주먹질할 수 있는 당신까지 끼고 가는 편이 더 낫소. 게다가 여기서 둘이 도망쳐 봤자 천랑군주란 작자의 실력이면 금세 덜미를 잡힐 텐데, 그때가 되면 당신이 어딨냐며 고문이라도 안 하면 다행일 거란 생각은 안 하시오?"

반박할 수 없는 공격이었다.

등효라고 그것을 왜 모를까.

다만, 사태가 사태인지라, 그로서는 미안한 마음을 금할 길이 없을 뿐이었다.

"미안하게 되었소."

"됐소. 함께 살아 나간 후에 정산하도록 합시다. 미리 말했지만, 내 몸값은 제법 비싼 편이오. 다 살려놨는데 입 싹 닫고 떠나면 그때야말로 용서 안 하겠소."

나른한 어조에 장난기가 깃들었다.

평소 강비의 성격이라고는 생각하기도 힘든 언사

였다.

그것을 알기는 하는지, 등효의 입가에도 살짝 미소가 번졌다.

"그건 걱정하지 마시오."

"일단은 조금 더 쉬는 게 좋겠소."

동굴 바깥에서 새어 나오는 빛이 제각기 색깔을 달리할 시간이 순간마다 도래했다.

반나절이 지났는지, 한나절이 지났는지 그 시간의 경계마저 모호하게 느껴질 시점에서…….

마침내 벽란이 정신을 차렸다.

"괜찮나?"

"네. 좀 살겠네요."

"고생했어."

어쩐지 강비답지 않은 단어 선택이라 생각하며 벽란은 고개를 갸웃거렸다.

장천이나 옥인이라면 모를까, 자신에게 그다지 살갑지 않던 과거를 생각하면 파격이라 불릴 만한 언사였다.

"머리를 다쳤나요?"

"시끄러."

모처럼 그녀의 입가에도 미소가 드리워졌다.

"이제야 당신답네요."

"눈을 떴으니 이제 상의 좀 해볼까?"

"그러죠."

벽란은 조심스레 등효의 상태를 살폈다.

'정말 괴물이군.'

하루 전만 해도 거의 초주검 상태로 지냈던 등효는 상당 부분 진기를 수복한 상태였다.

아니, 진기만이 아니라 외상과 내상까지 어느 정도 수습한 기도였다.

이 정도라면 아무리 대단한 영약을 먹었다 하더라도 거의 불사신이라 불리기에 부족함이 없는 회복력이었다.

셋 모두 완전한 기량을 되찾은 건 아니지만, 이 정도만 되어도 어떻게든 활로가 뚫릴 것 같은 기분이 들었다.

벽란은 안도하며 입을 열었다.

"주변에 잡스러운 기운이 많군요. 숨긴다고 숨겼지만, 이 독특한 마기(魔氣)는 분명 비사림의 것이 분명해요."

강비나 등효와는 다른 영역에 있는 벽란.

눈을 감고 기감에 집중하는 차원이 아니다.

술법, 술계의 영역에서 사위를 바라보는 능력이었다.

그녀의 마음속으로 스산하게 일어나는 움직임이 곳곳에서 포착되고 있었다.

"그리고… 그자도 있어요."

그자, 천랑군주를 뜻함이었다.

애써 외면하고 싶어질 만큼 무지막지한 무력을 선보였던 초고수.

애초에 숨길 것도 없다는 듯 왕성한 기운을 뿌려 대술법을 익히지 않은 강비나 등효조차도 이처럼 멀리 떨어진 거리에서 천랑군주의 기파를 느낄 수 있을 정도였다.

"단순히 화가 났다고 이처럼 기파를 남발할 위인은 아니겠죠. 그는 확신하고 있는 거예요. 이 일대에 우리가 숨고 있다는 것을."

차고 넘치는 경험은 둘째 치고서라도, 전투 능력과 도주 시간, 지형지물까지 꿰뚫어 보지 못했다면 결코 판단할 수 없는 바였다.

비사림 칠군주 중에서도 전략전술에 밝다더니, 과연 그 이야기는 사실인 모양이었다.

"기파를 개방했다는 것은, 숨어 있는 우리에게 압박감을 전달하고자 하는 의도가 크겠죠."

정답이다.

언제든지 뛰쳐나오라는 자신감.

그리고 그것을 느끼며 불안감을 조성하려는 의도였다.

알면서도 당할 수밖에 없는 종류의 심리전이다.

"어쩔 수 없이 우리는 그가 선 위치와 반대로 움직여야 해요."

"만약에라도 그 방향에 뭔가 함정이 설치되어 있다면 어찌하겠소?"

"쳐부수는 수밖에 없죠. 게다가 제 생각에는 어떤 함정이라 한들 천랑군주와 정면으로 부딪치는 것보다 살아날 확률이 높다고 생각되는군요. 아마 함정이 있다 해도 천랑군주가 도달할 때까지 우리의 발을 묶을 정도의 함정일 가능성이 높아요."

이 또한 정답이었다.

이만한 위급 상황에서 냉정하게 사태를 지켜보는

벽란.

전술과 전략에 밝은 편은 아니더라도 감각과 냉정한 이성은 박수갈채를 받기에 모자람이 없었다.

강비 역시 그녀의 생각에 완전히 동의했다.

"이쪽에서 치고 나가려면 확실히 그자가 있는 정반대의 방향이 좋아. 하지만 문제가 하나 있다."

"장강 줄기."

"맞아."

대륙을 가로지르는 장강의 줄기.

거기까지만 도주한다 해도 반은 성공이다.

하나 그 넓은 강을 건너기 위해서는 배가 필요하다.

아무리 무공의 고수라 해도 그처럼 넓은 강을 헤엄쳐서 건너기란 지난한 일일 수밖에 없었다.

"남경(南京)으로 향한다면 그나마 가능성이 있겠지만……."

남경.

북경 천도(北京遷都)로 인해 대명제국(大明帝國)의 수도가 바뀌었다지만, 그 시기가 오래지 않았기에 관군의 영향력이 아직까지도 대단했다.

아무리 막 나가는 마인들이라 한들 그처럼 관의 영

향력이 막강한 곳에서 대놓고 활개를 치기란 어려울 터.

어떻게든 묘수가 생길 가능성이 있다.

그러나 이곳에서 남경까지의 거리는 엄청나게 멀다.

직선으로 치고 올라가 장강에 닿기만 해도 조금은 안심할 수 있을 정도인데, 남경까지 가려면 세 배에 해당하는 거리를 더 가야만 했다.

눈앞이 캄캄해진다.

벽란으로서도 당장 쓸 수 있는 기묘한 술법에 한계가 있다.

그간 만들어놓은 개문환진부 등을 대부분 소비했기에 급박한 상황에서 도피하기도 극히 어려워졌다.

그야말로 사로(死路) 중에 사로인 것이다.

북쪽이든 동쪽이든 어느 곳으로 돌파해도 잡힐 것 같은 위기감이 강하게 들었다.

남쪽이라면 천랑군주와 정면으로 마주하는 곳이니 말할 것도 없고, 서쪽으로 가면 바로 해안이 나온다.

해안에서의 수상전(水上戰)이라면 그냥 다 죽자는 말이나 진배없었다.

진퇴양난(進退兩難)이며, 사면초가(四面楚歌)다.

강비가 푸념이라도 하는 듯 중얼거렸다.

"창이라도 한 자루 있으면 좋으련만."

등효의 눈이 반사적으로 동굴 구석을 향했다.

그가 항상 가지고 다니던 두 자루의 절세보검(絕世寶劍)과 시커먼 천으로 싸인 길쭉한 물건이 두 눈에 들어왔다.

"창이라 했소?"

"아, 창을 잘 다뤄서. 백타(白打)도 좋지만, 일대일 생사결도 아닌 어지러운 난전에서 맨손으로 돌파하는 건 무리 아니겠소?"

"하면 그 천랑군주와 창도 아닌 맨손으로……?!"

"창이나 권(拳)이나 큰 차이는 없소. 창이 더 익숙하다뿐이오. 하물며 사방에 적들이 들이닥칠 텐데, 난전에서의 백타는 아무래도 힘들지."

창술가.

강호에서 창술가가 드문 편은 아니지만, 그렇다고 많은 편도 아니었다.

하물며 천랑군주와도 맞붙었던 놀라운 권법보다 익숙하다면 가히 기대를 걸어볼 만했다.

등효는 강비를 바라보았다.

나른하면서도 위험한 눈동자.

피 냄새가 짙다.

사람을 한두 번 죽여본 자가 아니다.

적게 잡아도 수백의 생명을 직접 끊어버린 자가 분명했다.

수백 명을 죽였다.

설령 무인 간의 대결이었다 해도 지나치게 많은 숫자였다.

그 정도면 피를 좇는 살인귀라 불려도 어딘가 부족한 감이 있을 정도였다.

'그것이 원한 것이든, 그렇지 않은 것이든.'

일렁이는 거친 기도는 강호의 무인이라기보다 전장을 질타하는 군인의 그것이다.

그럼에도 한없이 자유롭다.

어느 하나의 기질로 판단하기 어려운 자.

그럼에도 묘하게 믿음이 가 목숨을 맡긴 남자였다.

진정 믿을 수 있을까?

본래가 권법일문인지라 신병이기에 대한 집착은 없지만, 이 물건들의 역사와 중요도를 생각하자면 아무래도 생각이 많아질 수밖에 없었다.

악인에게 떨어지면 피를 부르는 마병(魔兵)이 될 것이요, 광명정대한 협사(俠士)의 손에 들리면 찬란한 신병(神兵)이 될 물건들이다.

'이자는 선인인가, 악인인가.'

세상을 단순히 선악의 잣대로 편하게 그어버릴 수 있는 것이 아님은 나이 좀 먹으면 누구라도 알 만한 것이다.

그럼에도 고민이 된다.

그는 눈을 질끈 감았다.

'선인이면 어떻고, 악인이면 어떤가. 나는 처음 본 이자에게 목숨을 맡겼고, 빚을 졌으며, 인연의 끈을 느꼈다. 더불어 사귈 만한 자. 게다가 지금은 긴급 상황이다.'

고민의 시간은 짧았지만, 판단을 내리면 뒤를 돌아보지 않았다.

등효는 동굴 구석에 세워두었던 기다란 물건을 강비에게 던졌다.

가볍게 받는 강비.

"뭐요?"

"창이오."

"그건 알고 있소. 내가 들고 왔으니까."

아무리 시커먼 천에 싸여 있었다 한들 수백, 수천 자루의 병장기를 만졌던 강비다.

한 번 쥐어서 그것이 창인지 봉인지 모를 정도로 무딘 사람은 아닌 것이다.

그리 답하니 오히려 당황한 건 등효였다.

"알고 있었소?"

"당연하지. 내 물음은, 이걸 나에게 줘도 괜찮냐는 거요. 아무래도 이 물건들을 아끼는 것 같은데. 비사림에 쫓기는 것도 이 범상치 않은 신병들 때문 아니었소?"

어느 정도 눈치만 있으면 알 만한 사항들이었다.

진즉에 깨닫지 못했다 함은, 그간 등효가 얼마나 살벌한 사선을 넘나들었는지를 반증했다.

"그렇군, 그랬어. 맞소. 그것들 때문에 쫓기고 있었소. 다른 이유가 없는 것은 아니지만, 비사림에서는 그 창과 이 두 자루의 검을 얻기 위해 나를 쫓은 것이오."

"나에겐 이걸 사용하는 걸 허락한다?"

"목숨을 빚졌소. 더구나 당신이 천랑군주처럼 막

나가는 마인은 아니잖소?"

이유랍시고 말하는 게 제법 웃겼다.

그러나 강비는 웃지 않았다.

"진지하게 말하자면, 자격만 있다면 이 창과 검들은 알아서 주인의 손을 탈 것이오. 그러나 비사림은 안 되오. 이 신병들은 단순히 철을 두드려 만든 병장기가 아니오. 혼(魂)이 담긴 보물… 조금 거창하게 말하자면, 천지에 몇 없는 신물이오. 술법을 익혔으니 이 소저는 알 테지만, 이런 대단한 물건들이 사이한 술법과 마기를 타면 어떤 능력을 발휘하는지 잘 알 거요."

천하에서 짝을 찾기 어려운 병장기지만, 동시에 스스로 살아 움직이는 법구(法具)이기도 했다.

어떻게 사용하느냐에 따라 천하에 홍복이 될 것인지, 악운을 불러일으킬 것인지 결정된다는 뜻이었다.

벽란 역시 그에 동의했다.

"물론 잘 알고 있어요. 하지만 이 물건들은……."

그처럼 대단한 물건이라면 그녀가 관심을 안 가졌을 리가 없다.

그러나 그녀의 심안(心眼)으로도 창과 검에서는 별

다른 기(氣)가 느껴지지 않았다.

병장기 자체의 강도와 첨예한 예기는 느꼈을지언정 그만한 신기라고는 보기 어려웠던 것이다.

"당연하오. 아무리 당신의 공부가 깊다 해도 경계를 넘지 않은 이상 부적으로 봉인한 신기의 흐름을 느끼긴 어려울 거요."

부적. 봉인.

강비가 바라본 세상에서는 그다지 익숙한 개념들이 아니었다.

그나마도 벽란과 만나지 않았다면 아예 관심조차 두지 않고 살았을 단어들이다.

"창은 천 안쪽에 예순네 장의 부적으로 봉인이 되었고, 두 자루의 검은 검집 안쪽에 각기 서른여섯 장의 부적으로 봉인이 되었소. 본 문에서 내려온 말에 의하면, 그 부적술의 이름을 금신봉오(禁神封汚)의 술(術)이라 하더군."

"금신봉오?!"

거의 경악에 가까운 반응을 보여주는 벽란이었다.

두 손으로 입을 막으며 눈썹까지 치켜올린 걸 보니, 놀라도 이만저만 놀란 게 아닌 모양이었다.

"술법이계 절대봉인술(絶對封印術)! 삼멸(三滅)의 술법 중 하나를 이 물건들에게……!"

이런저런 거창한 수식어로 보아 실로 대단한 부적술인 모양이었다.

강비는 고개를 갸웃했으나 이내 저었다.

"어쨌든 이곳을 돌파하는 데에 도움이 될 것 같으니, 그것으로 만족하지."

"단순히 그런 정도가 아니오."

등효의 눈이 한층 진지해졌다.

무겁게 가라앉은 눈동자와 묵직한 인상이 더해져 바위와도 같은 분위기를 뿜어냈다.

"그것들은 주인의 손에 쥐어져야 비로소 움직이는 '물건'이지만, 또한 보통 물건은 아니오. 스스로 살아 움직인다는 표현이 어울릴 거요. 어떻게 제련되었는지, 언제 만들어졌는지 아무도 모르오. 일례로 예전 어떤 자는 이 두 자루의 검 중 하나를 사용하다 검이 주는 마력에 빠져 사방 사백여 리의 생명체를 모조리 참살해 버렸다고 하오."

"마력?"

"인성조차 다듬어지지 않고, 검을 쥘 만한 한 줌의

내력도 없으면서 과분한 보물을 쥔 결과요. 검 자체에 신기(神氣)로 변모한 금기(金氣)가 흐르는데, 어찌 평범한 사람의 정신으로 그걸 받아들이겠소? 물론 절정의 고수들이 쥔다고 한들 그런 사태가 일어날 리 만무하겠지만, 그만큼 병장기에 흐르는 기가 폭발적이라는 얘기요. 하물며 수세대에 걸쳐 봉인을 시켜놓았소. 병장기 자체에 압축된 기가 얼마나 거셀지 상상하기 어렵소."

기란 만물에 흐르는 법이다.

발에 채는 돌멩이 하나에도 기가 깃들기 마련인데, 장인이 혼신의 힘을 다해 만든 병장기에 기가 깃들지 않을 리 없다.

하물며 술법을 써서까지 기운을 봉인할 정도의 병장기라면, 이미 그 자체만으로도 가공지경이라 하겠다.

"막상 그리 들으니 긴장되는데?"

"재미있다는 표정인데요, 뭘."

"흥미롭긴 하군."

"조심하세요. 금신봉오의 술법은 술법계에서도 절대적인 봉인력을 구사하는 술법이에요. 천지간의 어떠한 기운도 봉해 버리죠. 그런 술법을 사용할 정도의 신병이기라면 분명 보통 물건은 아닐 거예요."

"괜찮아. 진짜 문제는 그런 게 아니야."

이보다 더 큰 문제가 있을 턱이 없다는 표정의 벽란을 제치고 강비는 등효를 바라보았다.

우직하고도 지혜로운 눈동자다.

혼란스러움이 깃들었으나 그 단단한 안광은 결코 무너지지 않을 것만 같았다.

"내가 쥐어도 괜찮겠소?"

등효는 바로 답하지 않았다.

그러나 결국 대답은 정해진 것.

"쥘 수 있다면 그대와 함께하는 것도 이 창으로서는 반가운 일일 거요."

이렇게까지 말해주는데 거절할 이유가 없다.

실상 거절할 때도 아니었다.

강비는 시커먼 천을 천천히 풀어헤쳤다.

사르르.

조용한 소리와 함께 땅바닥으로 몸을 눕히는 천.

바깥과는 달리 창을 감싼 천 안쪽에는 기괴한 도형이 그려진 수십 장의 부적이 난잡하게 붙어 있었다.

도형은 글씨처럼 보이기도 하고, 어린아이가 멋모르고 그린 그림처럼 보이기도 했다.

육십하고도 네 장의 부적.

그 많은 부적으로 봉인해 버린 일세의 창이 마침내 이 동굴 안에서 수십 년 만에 모습을 드러내고 있었다.

*　　　　*　　　　*

"음……?"

저 멀리 남동쪽에서 느껴지는 괴이한 기세에 곽동산(郭銅山)은 고개를 갸웃거렸다.

"이건 또 뭔가?"

작게 꿈틀거리던 기(氣)가 이윽고 무서운 파장을 일으켰다.

그토록 먼 거리지만 목 뒤가 서늘할 만큼의 기운.

어떤 기운인지 모르겠지만, 참으로 독특하고 또 위협적이었다.

"사람인가, 마물인가."

정체를 알 수 없는 기운 앞에서 곽동산의 얼굴에 미

소가 드리워졌다.

흥미롭다는 표정이다.

"간만에 세상 밖으로 나온 보람은 있을 것 같군. 뭐가 뭔지 도통 모르겠지만 말이다."

"너무 즐거워하시는 거 아닙니까?"

등 뒤에서 들리는 목소리.

불혹(不惑)을 넘긴 곽동산의 목소리보다 한창 젊은 음성이었다.

뒤를 돌아보는 그의 눈에 시리도록 아름다운 미소를 짓는 한 청년이 보였다.

"글쎄올시다. 본래 예측 못한 상황이란 뜻하지 않은 여흥을 선물하는 법 아니겠소?"

"뜻하지 않은 재앙을 선물할 수도 있지요."

"그도 맞는 말이오."

껄껄 웃는 곽동산의 모습은 호탕함이 남달라 보였다.

단단한 체격에 허리춤에는 한 자루 도(刀)를 찼는데, 그것이 그리도 잘 어울렸다.

"그나저나 소성주는 돌아가지 않을 테요?"

"흑호령주(黑虎令主) 혼자만 보내기에는 아무래도

불안했나 봅니다. 위쪽에서 이 기회에 강호 경험이라도 해보라며 은근슬쩍 압력을 놓는데, 대놓고 감시하라는 투였지요."

"하하, 핑계 한 번 좋소이다. 소성주의 호승심이 나에 못지않음을 잘 알고 있소. 솔직하게 말하시구려."

"뭐, 세상 구경 한 번 해보는 것도 나쁘지 않겠다는 생각이었습니다만."

"역시 대화 상대로도 부족함이 없소."

곽동산은 연신 호방한 웃음을 터트렸다.

세상 거칠 것이 없는 모습에 천하를 질타할 자유로움마저 묻어 나왔다.

소성주라 불린 미청년(美青年) 역시 화사한 미소를 지었다.

"비사림에서 이런 난리를 치는 걸 보니 뭔가 있기는 한데, 아무래도 우리가 노리는 표적과 겹치지 않았으면 싶습니다."

"내 오기 전에 들은 바 있는데, 아마 목표는 다를 것이오. 하지만 어째 불안불안하외다. 드넓은 대륙에서 이처럼 빽빽하게 둘러싸인 목표물이라… 우연이라 하기에는 모인 병력들 면면이 보통이 아니오."

"본 성에 비사림, 그리고 남궁씨까지 끼었다고 들었습니다."

"하필이면 비사에 남궁이오. 둘 다 그냥 놓고 봐주기에는 껄끄럽지 않소?"

"그래서 왔습니다. 흑호령주라면 상대가 비사든 남궁이든 상관 않고 쓸어버릴 것 같아서요."

"내 실력이 그들 모두를 당할 정도로 대단하진 못하오."

"겸손이 과하시군요. 칼 한 자루로 무신성의 신화를 만들어내신 분께서."

"하하! 이거, 계속 듣다가 얼굴 터지겠소이다. 어쨌든 이제 우리도 슬슬 움직여 봐야 하지 않겠소?"

"그래야겠지요. 저쪽 움직임이 부산스러운데, 괜히 충돌 일으키지 않는 선으로 들어가는 게 좋겠습니다."

"그럼 가봅시다."

천천히 이동을 시작하는 검은 무복의 도객(刀客)들.

시커먼 파도가 몰아치는 것처럼 일정한 간격으로 움직이는 그들의 모습은 흡사 잘 훈련된 군대의 병사를 보는 듯했다.

한편, 그보다 더 높은 봉우리 쪽에서 아래를 바라보는 일단의 무리가 있었다.

연한 푸른색 무복을 입은 이들.

허리춤에는 누구 하나 할 것 없이 고색창연한 장검(長劍)을 찼다.

서릿발 같은 검기(劍氣).

치솟아 오르는 예기가 창천을 꿰뚫을 것만 같다.

일평생 검도(劍道)에 매진해 온 절정의 검수들.

대단한 존재감이었다.

그중에서도 선두에 선 중년 검객의 기세는 가히 발군이었다.

다가오는 자는 누구라도 베일 것 같은 날카로움이 손가락 끝에서도 맴돌았다.

"목표물은?"

낮은 음색, 차가운 목소리다.

음성만으로도 주변 온도를 급강하시키는 듯했다.

"아직까지 정확한 위치가 파악되지 않고 있습니다. 근방 오십 리 안에 숨어 있을 거라 생각됩니다."

"근방 오십 리라……."

오십 리.

짧다면 짧고, 길다면 긴 거리다.

하지만 평야도 아닌 이런 곳에서 작정하고 숨는다면 찾기가 지극히 어려운 거리이기도 했다.

"무신성이 움직였습니다."

"그래. 봤다."

중년 검사의 눈이 남동쪽으로 향했다.

무신성의 흑호령주가 느낀 것처럼 그 역시 피어오르는 괴이한 기세를 느낀 것이다.

사람인지 뭔지 알 수 없지만, 흘러나오는 기파의 강렬함이 실로 놀라운 수준인지라 모를 수가 없었다.

'마기(魔氣)는 아니다. 그렇다면 비사림은 아니고… 목표물일까?'

남궁일(南宮日)의 안광이 형형해진다.

'이런 일에 움직여야 한다라… 달갑지가 않군.'

내심 답답함이 앞섰다.

창천의 검심(劍心).

의검천추(義劍千秋)의 의지를 이어받은 남궁의 자제로서 이러한 일에 끼어들 수밖에 없는 현실이 답답했다.

그러나 별수 없는 일.

저당 잡힌 목숨의 무게가 결코 가볍지 않은 까닭에 무거워야 할 검집을 풀어 헤쳐야만 한다.

"반 각 후 출발한다. 그전까지 만반의 전투 태세를 갖추라. 낙오하는 자는 용서치 않는다."

무신성의 소성주와 흑호령주는 물론, 남궁세가의 검인(劍人)들 중에서도 출중한 무력을 과시하는 남궁일까지 포함된 이 절정의 사지(死地) 속.

휘몰아치는 바람 안쪽에서 첨예한 분위기가 마침내 폭발했다.

한 마리 미친 용이 질주를 시작한 것이다.

"그쪽으로 잡도록 하지."

"위험하지 않겠소?"

"어차피 사방이 위험이라면 갈 수 있는 데까지 뚫어보는 게 좋잖소."

"그도 맞는 말이오."

"정면은 내가 맡겠소. 중간은 당신이, 그리고……."

"후방은 제가 맡죠."

"부탁해."

"어차피 한 명만 삐끗해도 다 죽을 판인데 부탁이고 자시고도 없어요."

"제법 입이 험해졌군."

"이런 상황에 제정신을 유지하는 게 더 이상한 거예요."

"그도 그렇군. 좋아, 이제 슬슬 움직여 볼까?"

콰아앙!

화포에서 화탄을 터트리듯 엄청나게 탄력적인 몸놀림으로 나아간다.

평소보다 더 빠르고, 더 공격적인 경공술이다.

말 그대로 빛살과도 같은 속도였다.

갑작스레 터진 폭음은 이곳에 포진한 무수한 무인들의 시선을 완전하게 잡아끌었다.

앞서거니 뒤서거니 하며 몰려드는 수많은 무인들 속.

먹잇감에 몰려드는 개미 떼처럼 맑은 공기로 가득한 야산이 지저분한 살기로 물들어갔다.

흉흉한 병장기가 날카로운 소음을 내뿜고, 붉게 달아오른 눈동자는 필사의 의지를 담았다.

지닌바 무력들도 부담스럽지만, 그보다 더 무서운 것은 온몸에서 진득이 흐르는 살기였다.

실력 이상의 살기를 내뿜는 존재들.

무슨 일이 있더라도 목표물의 추살을 위해 전심전력을 다하리라.

차아앙!

호쾌하다기보다 기괴함이 돋보이는 발도(拔刀).

그리 빠르게 달리는 와중에도 흔들림이 없는 자세.

비록 상종 못할 마인들이라 하나, 각고의 수련을 쌓은 것이 틀림없었다.

두터운 칼을 빼 든 마인 셋이 세 방위를 둘러싸고 무서운 속도로 짓쳐 들었다.

위협적인 살기, 폭발적인 도격(刀擊).

강비의 눈이 불을 뿜었다.

쩌저저정!

비산(飛散)하는 칼날 조각들.

튀어 오르는 돌덩이와 먼지 사이로 언뜻 붉은 핏물까지 흩어져 보였다.

세 마인의 강맹한 도격을 단 한 번의 창격으로 모조리 분쇄시켜 버린 것이다.

팔 하나씩이 통째로 날아가 버린 마인 둘은 이미 체내로 침투한 패왕기로 인해 거품을 무는 중이고, 남은 한 명은 무슨 일이 일어났는지 도통 모르겠다는 기색이었다.

퍼어엉!

다시 한 번 질러지는 장창 한 자루.

구멍을 뚫는 수준이 아니었다.

섬격 한 번에 상체가 대번에 터져 나가 버렸다.

산산조각으로 흩어지는 육편(肉片)은 끔찍함을 넘어서 신비롭기까지 했다.

퍼져 나가는 핏물 사이로…….

마침내 한 자루 창이 그 이빨을 드러냈다.

여섯 자에 세 치를 더한 길이.

외관만 보아도 무시무시한 강도(剛度)에 무게 역시 상당할 것 같다.

타오르는 은회색 불길.

번쩍이지 않으면서도 완전한 존재감을 드러낸 색깔은 무저갱(無低坑)의 암흑보다 어두웠고, 태양보다 찬란했다.

창대와 창날이 무척이나 강인하고 묵직해 보였다.

수백 마리의 작은 교룡(蛟龍)이 창대를 꽉 채워 양각(陽刻)되어 있다.

한 마리, 한 마리가 어린아이의 손가락보다 훨씬 작음에도 비늘 하나까지 완벽하게 살아 있는 교룡들은 창날 쪽으로 승천하듯 나아가고 있었다.

눈알이 타버릴 것 같은 신기(神氣)를 발하는 창.

수십 년의 세월을 지나 아직 진정한 주인으로 인정받지 못한, 그러나 스스로 한 몸 맡기기에 부족함이 없을 소유주를 만나 그 뜻에 따른다.

꿈틀거리는 은회색의 교룡, 역동적인 패기와 섬세한 아름다움으로 치장한 절세의 신병(神兵)이 압도적인 자태를 드러냈다.

승천교룡(昇天蛟龍) 관운신안(貫雲神眼)
천신강림(天神降臨) 용아창(龍牙槍)

용의 어금니가 지닌 전설이 강비의 손에 들려 스스로 기지개를 활짝 켜고 있었다.

'이것이…….'

난생처음 신병이기(神兵異器)라는 것을 손에 쥔 강

비의 지금 심정은 말로 표현할 수 있는 것이 아니었다.

그동안 펼쳐 보지 못한 모든 비기들을 개방할 수 있을 것만 같았다.

그저 창 한 자루 달리 쥐었을 뿐인데, 형용 불가의 충만함이 전신을 가득 채운다.

창에서 흘러나온 신묘한 기운이 패왕진기의 흐름을 타고 육신을 빠르게 휘돌고 있었다.

아직 회복되지 못한 내상, 손상된 혈도들이 창이 지닌 신기(神氣)에 반응해 무서운 속도로 정상을 향해 달리고 있었다.

완전에 가까운 충만함.

그저 조금 특별한 철로 만든 창이 아니었다.

이미 존재 자체가 불가해(不可解)라 할 만한 물건이었다.

그동안 사람의 손을 타지 못한 것이 불만인 것인지 가진바 기운을 아낌없이 뿜어내는데, 지금 강비가 지닌 공력만으로도 창의 기운을 온전히 받아내기가 벅찰 정도였다.

그간 발전해 온 강비의 공력을 생각하자면 기가 막

힌 일이었다.

그래서일까?

통제가 제대로 되지 않았다.

한 번 뻗어서 무지막지한 공격력을 낼 수 있다는 건 매력적이지만, 자신의 의지하에 나아가지 못하는 무력이란 오히려 모자람만 못한 법이었다.

더욱 문제인 것은…….

'멈출 수가 없다.'

창을 쥐고 나아갔을 때부터…….

그는 멈추지… 멈출 수가 없었다.

땅을 박차는 발걸음에도 불길이 이는 것만 같고, 어느새 전방 공격을 위한 자세에서는 들끓는 살기가 일고 있었다.

마음을 다잡는다면 멈출 수도 있을 텐데, 창이 지닌 파괴력과 신기가 너무도 매력적이라 멈추고 싶은 마음조차도 사라지는 기분이었다.

창과 몸의 기분 좋은 일체감은 순간이었을 뿐, 언제부터인지 창에 심신을 빼앗긴 기분마저 들었다.

하지만…….

'어떻게든 뚫는다!'

통제 불가의 막강한 신병을 가졌다.

그에 대한 불안감이 없을 수 없다.

그러나 지금은 눈앞의 장애물을 치워야 할 때였다.

적도들을 물리치고 나 자신과 일행의 안전을 도모하는 것, 당장 강비의 목표가 분명했으니 그의 눈동자도 타오를 수밖에 없었다.

재빠르게 정신을 바로잡고 나아갔다.

손에 잡힌 신창(神槍)이 우웅, 하고 떨리고 있었다.

삽시간에 수십 그루의 나무를 헤치고 나아가니 눈을 크게 뜬 무인들이 보였다.

몸에서 이는 불길한 마기, 허리춤에서 달랑거리는 병장기들이 날카로운 흉광을 발했다.

이전 의선총경 때와 같은 놈들이다.

지저분한 살의와 적의로 뒤범벅이 되어버린 눈동자는 도저히 정상이라고 봐줄 수가 없었다.

오로지 목표물의 잔인한 파괴… 그 이상도, 이하도 보이지 않았다.

"누구냐?!"

거센 일갈성이다.

소리를 지르며 재빠르게 발검(拔劍)을 시도하는데,

상당히 안정적이었다.

급박한 상황에도 나름의 침착성을 유지하는 것, 초전으로 박살 낸 세 도객과 같았다.

비록 살의에 몸을 맡긴 마인이라 하나 그 경험과 무인으로서의 진중함을 잘 아는 이라는 뜻이었다.

쐐애액!

심지어는 바로 공격부터 들어왔다.

바람을 가르는 소리가 실로 심상치가 않았다.

혼신의 힘을 다한다 보아도 무방한 공격들이었다.

아무리 위협적인 돌격이지만, 적아(敵我)조차 판단하지 않고 도검을 휘두르는 무리들.

이 정도가 되면 애초에 망설일 이유도 없다.

강비의 손에 들린 용아창이 불을 뿜었다.

휘이이익!

콰직!

비명조차 없었다.

기다란 장검을 중간부터 부수고 나아가는 창날이 단숨에 마인의 가슴까지 뚫어버렸다.

호천패왕기를 머금은 은회색의 용아창에는 불그스름한 광채가 빛나고 있었다.

"저쪽이다!"

"진세를 갖춰!"

한 명의 죽음, 그리고 몰려오는 무리들.

확실히 감탄을 안 할 수가 없다.

이전 의선총경 때의 도객들과 엇비슷한 무위를 가졌지만, 이들에게는 그들과 다른 것이 있었다.

'일사불란하다.'

중구난방, 걸리는 족족 도를 휘두르던 이전 마인들이 광기에 몸을 맡겼다면, 지금 눈앞의 마인들은 살의와 적의를 품었을지언정 극도로 훈련된 군인처럼 체계적으로 움직이고 있었다.

강비의 눈에 한참이나 차지 않는 무인들이라지만, 이 정도로 잘 조여오면 결코 만만하게 봐줄 수가 없었다.

지형은 물론, 각 마인들의 특성까지 감안하여 다가오는데, 그 진법의 세가 굉장히 유동적이었다.

이런 집단전이나 소수를 몰아가는 경험이 많은 듯싶었다.

등 뒤에서 다가오는 등효와 벽란도 그것을 느꼈는지 얼굴을 한껏 굳혔다.

"쉽지 않겠어요."

"무조건 정면만 뚫겠다. 좌우에서 오는 공격까지는 못 막아주겠어. 뒤처지지 마."

각오가 서린 한마디.

강비의 눈이 시뻘건 화염처럼 불타오르기 시작했다.

패왕진기를 한껏 끌어 올린 것이다.

파아아앙!

다시 한 번 질주.

투신보의 전투적인 경신술이 교묘한 방위를 점하며 정면으로 치달았다.

급속도로 가까워지는 마인들의 얼굴.

붉게 핏발이 선 눈동자가 소름 끼칠 정도로 흉악했다.

콰지직!

퍼억!

결코 봐주지 않는 일격.

휘두르는 용아창에 걸린 도검들이 무차별로 부서지고, 그 주인의 육체까지 박살을 내놓았다.

그렇지 않아도 드넓은 천하에서 손가락 안에 꼽힐 신병인데, 거기에 절세기공인 호천패왕진기가 실렸다.

제아무리 경험이 충만한 마인들이라 할지라도 수준이 다른 무력 앞에서는 속수무책일 수밖에 없었다.

휘리리릭!

콰아앙!

창날만이 아니라 창대까지 돌려 휘몰아치는데, 일수를 막아내는 자가 없었다.

화포가 터진 듯 거센 폭음이 울렸다.

무섭게 질주하며 내지르는 용아창의 포효 앞에서 마인들의 진세는 제대로 반응을 못하고 있었다.

압도적인 힘의 차이였다.

무인에게 있어 경험이란 피와 살이 되는 공부지만, 전세를 단숨에 역전시키는 완벽한 요소가 되지는 못했다.

강비가 천랑군주의 압도적인 무공에 패배한 것처럼, 제아무리 실전의 경험이 많다 하더라도 모든 걸 뒤엎을 만한 힘 앞에서는 무용지물인 법이었다.

스가아악!

쾅! 쾅!

병기와 병기, 경력과 경력이 부딪치는 폭음이 몇 번이나 울렸는지 모른다.

이미 강비 일행이 질주한 거리는 그대로 새로운 길이 생겼다 해도 과언이 아니었다.

'이런……!'

등 뒤를 따라붙는 등효.

그의 눈에 경이로움이 깃들었다.

초식이라 불릴 만한 동작도 아니었다.

마치 아무렇게나 휘두르는 것 같은데, 그 안에는 강유(剛柔)의 조화가 완벽하게 살아난 신기(神技)가 묻어 나왔다.

창에서 뻗어 나오는 경력의 여파만으로도 옷깃이 부스러지고 육체가 갈라졌다.

'강하다!'

어느 정도 강할 거라 생각은 했지만, 이 정도까지라고는 생각하지 못했다.

거칠 것 없이 휘두르는 장창에 걸리는 모든 것이 부서져 내렸다.

아무리 신병이라 할지라도 본신의 무력이 막강하지 못하면 제 쓰임새를 내지 못하는 법.

강비는 잡은 지 얼마 되지도 않은 용아창, 용아신창을 신들린 듯이 휘두르고 있었다.

'인연이라는 걸까?'

그는 아버지가 말한 인연이라는 한 단어를 떠올렸다.

하늘이 맺어준 인연.

인연이라는 것이 어디 사람과 사람 사이에서만 통용되는 것일까.

농부가 농기구를 잡는 것과 같이 무인은 창칼을 쥐어야 하는 법.

당연히 자신의 분신과도 같은 병장기에도 각기 인연은 있는 법이었다.

용아창.

천신의 무구로서 만마를 굴복시킨다는 거창한 수식어가 붙었지만, 동시에 자칫 잘못 사용하면 흑천도래(黑天到來) 나락소환(奈落召喚)의 전설을 끌어온다는 병장기이기도 했다.

생산 연도도 모르며, 어떤 철을 사용했는지조차 알 길이 없는, 고대의 신창(神槍)인 것이다.

그런 절대적인 병기가 이 시대의 천재 중 한 명의 손에 들렸으니, 어울리지 않을 수가 없는 법이다.

비록 완전한 제어라 보기에는 무리가 있지만, 강비

의 그릇이 용아창이라는 희대의 신물을 품을 수 있을 만큼 크다는 뜻이었다.

스악!

퍼억!

휘돌려 창날로 목젖을 잘라 버리고 각법으로 후려갈겨 저 멀리로 날려 버린다.

단순히 창술에만 능한 것이 아니라 언제 어느 때에라도 구사할 수 있는 체술(體術)까지 겸비한 모습이었다.

그것은 정통파 무공이라 보기에는 어려웠으나 워낙 시기가 적절한 일타, 일격인지라 동작 하나하나가 초식처럼 보일 정도였다.

'단순한 정통 무공만의 공부가 아니야. 각고의 혈전으로 일구어낸, 스스로의 무공이야.'

깨달음의 무학이라기보다 본능으로 내치는 무공이었다.

구파일방의 무공처럼 수도(修道)를 병행하는 무공이 아닌, 상대의 완전한 파괴를 위한 무공이었다.

극살의 무공, 절대적인 살법의 총화가 강비에게 있었다.

'하지만 그것으로는…….'

굉장히 인상적인 무력을 보여주고 있지만, 그 정도의 무공으로 천랑군주의 마수에서 자신을 구했다고 보기는 어려웠다.

변칙적이고 실전적인 몸놀림 속에 녹아든 오묘한 무리(武理)를 보니, 분명 대단한 철학을 익힌 것 같기는 한데…….

그의 궁금증은 금세 풀렸다.

앞을 가로막는 모든 것을 박살 내며 나아간다고 안심하기엔 일렀다.

벽을 깨부수고 나자 더 단단한 철벽이 나타났다.

"대단한 무력이구나!"

우렁우렁한 목소리를 터트리며 길을 막는 세 명의 고수.

치솟는 마기가 지금껏 앞을 막아왔던 일반 마인들과는 차원을 달리했다.

수준이 다른 무공.

적어도 비사림 안에서 중견 이상 가는 고수들이 분명했다.

"그토록 젊은 나이에 어울리지 않는 무(武)로다!

어디 한 번 우리도 막아보아라!"

젊은이를 훈계하는 듯한 말투.

실제 나이도 오십은 넘어 보이는 세 명이었다.

각기 얼굴과 체격이 다름에도 묘하게 닮아 보였다.

파아악!

말이 끝나기가 무섭게 들어오는 공격.

강비의 눈에 섬광이 스쳤다.

'좌측 상부에 일타(一打), 우측 하단에 삼환격(三渙擊), 정중선(正中線) 일참(一斬)!'

절묘하게 들어오는 공격이었다.

셋이서 일종의 진법을 연마한 것처럼 피해낼 수 없는 간격과 각도로 공격이 들어오는데, 그야말로 순식간이라 할 만했다.

휘몰아치는 경력까지 공격 반경이라 여긴다면 후방으로 피할 수밖에 없겠다.

물론 그 역시도 불가했다.

이처럼 순간적으로 뒤로 날아가면 진형이 깨지고 사면초가의 상황에 처해진다.

무슨 수를 써서라도 깨부순다.

강비에게는 전진밖에 도리가 없었다.

후우웅.

착각이었을까?

등효의 눈이 살짝 커졌다.

'바람이 모이는 듯한…….'

육안으로 보일 정도의 기묘한 색의 바람이 소용돌이를 일으키며 강비의 손안으로 빨려 들어간 것 같았다.

'뭔가가 바뀌었다!'

찰나의 찰나를 쪼갠 그 극한의 시공 속에서도 등효는 알아챌 수 있었다, 지금 강비의 몸에서 뭔가가 바뀌고 있다는 것을.

대기가 공명하고 칼날처럼 모여드는 바람은 너무도 날카로워 사람마저 벨 수 있을 것 같았다.

좌상단에서의 일장(一拳)이, 우하단에서의 삼장(三掌)이, 정중앙으로의 일도(一刀)가 떨어지는 그 순간에서도 강비의 눈동자는 전혀 흔들리지 않았다.

부아아아앙!

소름 끼치는 소리와 함께 강비의 손에서 빛살이 터져 나갔다.

무지막지한 돌풍을 동반한 창술의 삼연격이 거의

동시에 질러지는 것처럼 세 마인의 가슴에 작렬하기에 이르렀다.

퍼버버벅!

제대로 된 비명 한 번 지르지 못한 채 무시무시한 속도로 튕겨 나가는 마인들.

그들의 가슴에 뚫린 구멍은 갓난아이가 들어갈 정도로 크고도 커, 거의 상체 전체가 박살이 나 있었다.

후우웅.

가볍게 내려앉는 바람의 그림자.

엄청난 회전의 여파로 기의 열풍이 휘몰아쳐 피조차 증발해 버렸다.

주변 온도가 삽시간에 올라갔다가 내려오는 기분이었다.

강비의 전면은 말 그대로 초토화가 되어 있었다.

세 개의 기다란 고랑이 이리저리 얽히며 뒤편으로 쭉쭉 물러나 있었다.

마치 지상에 강림한 세 마리의 용이 바닥을 기어간 듯한 자국이었다.

'……이게?!'

등효는 물론이거니와, 사방에서 몰려드는 마인들

까지.

모두가 경악할 수밖에 없었다.

괴력의 무공, 절정의 파괴력이었다.

한 명, 한 명만 보아도 어느 곳을 가든 명성을 날릴 만한 무인들임이 분명한데, 그러한 무인 세 명을 단번에 부숴놓았다.

그 스스로는 종사(宗師)라 불리기에 모자람이 있지만, 지닌 무공만큼은 천하에서도 찾아보기 힘든 절학이었다.

천하를 뒤져도 이 정도의 파괴력을 내는 무공은 찾아보기 힘들었다.

그러나 가장 놀란 사람이라 한다면, 역시 강비일 수밖에 없었다.

광룡창식의 회천포.

희대의 절학인 광룡식에서도 세 손가락 안에 드는 살수임이 분명하나 아직 깨달음이 온전하지 못하고 공력이 부족해 일수유에 펼쳐 내기에 문제가 있었다.

이 정도로 파괴적인 무공인데, 약간이라도 사전 준비가 없다면 그야말로 어불성설일 터.

하지만 강비는 펼쳤다.

그것도 세 번이나.

할 수 있을 것 같았기 때문이다.

무력의 상승과는 상관이 없었다.

손에 쥔 신병이기가, 용아의 창이 부족했던 자신감을 꽉 채워준 기분이었다.

단전이 허할 정도로 쑥 빠져나갔던 공력이 재차 채워졌다.

순도 높은 기운이 들숨을 통해 사지백해로 뻗어 나가 빠르게 단전으로 모여들었다.

벽란의 부적이 선보인 만큼의 압도적인 속도는 아니라지만, 맨몸일 때와 전혀 다른 속도로 기가 집결하고 있었다.

'별일이로군.'

단순히 병장기 하나가 달라졌음에도 이전과 판이하게 다른 위력을 보이는 무공이었다.

명필은 붓을 가리지 않는다 하나 그것도 이 정도의 무지막지한 신병이라면 또 얘기가 달라질 수밖에 없었다.

주인을 성장시킬 수 있는 조력자.

일생의 반려.

'용아창이라 했지.'

심장이라도 있는 듯 손에 잡힌 창대가 우웅, 하고 우는 것만 같았다.

맥동하는 기운이 무척이나 거세다.

마치 말이라도 건네는 것만 같았다.

'좋다. 이왕 이리된 것, 너나 나나 이 사지(死地)에서 벗어나 보자.'

다시 한 번 눈을 빛내는 강비.

패왕기가 달아올랐음인지 그의 눈동자는 손에 쥔 용아창처럼 붉게 타오르고 있었다.

3.
돌파(突破)

"저놈……."

곽동산의 눈이 번뜩이는 빛을 발했다.

무신성 흑호령주.

때에 따라 전투의 선봉에 서기도 하는 특수부대 흑호령의 대장인 그의 시선이 머무르는 곳.

다름 아닌 강비 일행이었다.

무서운 속도로 마인들의 숲을 돌파하는 세 사람.

그들이 달리는 곳이 곧 길이며, 목적지였다.

파죽지세가 따로 없었다.

마치 그들만이 미지의 영역에 있는 것처럼, 붉은 태

풍이 몰아치는 주위로는 어떤 마인들도 감히 다가서지 못하고 있었다.

특히 정면에서 달리는 자는 그야말로 압권이었다.

손에 쥔 은색의 창을 거침없이 휘두르는데, 호쾌함과 잔인함, 유려함이 공존하고 있었다.

"대단하다."

순수한 감탄이었다.

손에 들린 신병에 감탄이 나오고, 무인의 공부에 감탄이 나왔다.

또한 저만한 신병을 아무렇지도 않게 다루며 극상의 공부를 그대로 구현하는 모습에서는 감탄을 넘어 감동까지 불러일으켰다.

뿐인가.

후방에서 각종 부적을 날리며 알 수 없는 능력으로 피해를 최소화시키는 술법사의 모습 역시 발군이었다.

호리호리한 여인의 몸, 나아가는 발걸음이 무공의 보법과는 다르지만, 그 공부가 대단하다는 걸 절로 알 수 있었다.

흥미로운 조합이었다.

"인상적이군요."

무신성의 소성주로서 지닌바 무력이 후기지수들 중 정점에 있다 자부하는 감호(柑虎)였다.

그런 그가 보기에도 선두에서 미친 듯이 무력을 전개하는 강비의 모습은 충격적일 따름이었다.

감호의 눈에 떠오른 감정은 불타는 호승심이었다.

여자라 착각할 정도로 아름다운 외모를 가진 감호지만, 그의 호승심은 무신성에서도 손꼽힐 정도로 대단했다.

강자와의 대무 속에서 인생의 모든 것을 찾고자 하는 자이니만큼 저처럼 호쾌한 무공을 보여주고 있는 강비에게 눈이 절로 돌아갈 수밖에 없으리라.

"후방에서 부적을 날리는 여자가 벽란이라고 하는 술법사인 모양이오. 저 여인을 제외하고 모두 척살하라 했는데… 이거, 도통 만만해 보이지 않군."

벽란의 부적술만 해도 이미 일가(一家)를 이루었다 평하기에 부족함이 없었다.

거기에 신들린 듯한 무력을 보이는 창술가와 그 사이에 있는 장대한 체구의 남자까지.

"음?"

순간, 곽동산의 눈이 좁혀졌다.

탐색하는 빛.

이윽고 좁혀진 눈이 놀라움으로 치켜떠졌다.

"거암태형보(巨巖太形步)! 대산(大山)의 무문에서 전해지는 보법이거늘, 그것을 어찌 저 남자가?!"

무신성과 대산일문 사이의 비사(秘事)는 무신성의 간부들이라도 아는 이가 극히 적을 수밖에 없었다.

그다지 자랑하고 다닐 만한 내용이 아닌 까닭이었다.

그러나 무신성 최초이자 유일한 특수부대의 수장인 곽동산은 알고 있었다.

대산일문의 무공들이 얼마나 수준 높은 절학인지, 그리고 그것이 어떤 위력을 발휘하는지도.

'중상을 입었군. 회복하는 중인가? 속도가 빨라. 과연 대산이다. 하지만 저 정도 경지라면 아직…….'

곽동산의 눈이 감호에게 향했다.

거암태형보나 대산의 무문이라는 단어들이 나열되었음에도 듣지 못했는지, 오로지 선두의 창술가에게만 시선을 주고 있었다.

그것은 아리따운 미녀에게 첫눈에 반한 남자처럼도

보이며, 사냥감을 노리는 맹수의 그것과도 비슷했다.

흑호령주를 제어하기 위해 보낸 감호가 도리어 더욱 전투의지를 빛내고 있으니…….

그러나 곽동산은 그의 심정을 충분히 이해할 수 있었다.

비슷한 나이, 거침없는 무력, 조금의 자비도 보이지 않는 손속까지.

한평생 무(武)의 바다에 몸을 던진 무인이라면 더불어 격검(擊劍)을 나누어보고 싶어 손이 근질거릴 수밖에.

"소성주."

"……?!"

"지금은 안 되오."

안 될 것은 또 무언가.

어차피 부딪쳐야 할 적인 것이 분명하다.

그러나 감호는 고개를 끄덕일 수밖에 없었다.

저 멀리서 무서운 속도로 다가오는, 한 존재가 있었기 때문이다.

이 영역 전체를 날려 버리겠다는 듯 패도적인 기세를 줄기줄기 뿜으며 다가선다.

그야말로 엄청난 속도다.
한 줄기 질풍이 몰아치는 것 같다.
살기라는 이름의 질풍.
"천랑군주!"
비사림 칠군주.
흑호령주 곽동산으로서도 승부를 장담하기 힘든 고수가 분명한 목적을 갖고 오는 것이다.
아무리 다른 집단에 속했다 하나 그들 사이는 서로의 영역을 함부로 침범하기 어려운 약속으로 얽힌 상태였다.
곽동산과 감호의 눈이 화염을 두른 채 쏘아져 오는 천랑군주에게 집중되었다.

'제기랄!'
창의 힘에 취해 있을 때가 아니었다.
이곳까지 질주해 온 것만으로도 충분히 장한 일이지만, 진짜 문제는 따로 있었다.
'그놈이 오고 있다.'
뒤통수가 시큰시큰했다.
도대체 얼마나 대단한 공력을 갖고 있기에 이처럼

빠른 속도로 접근해 올 수 있는지 의아할 틈도 없었다.

대책을 세워야만 했다.

"벽란!"

"알아요!"

쉬리리릭!

벽란의 손이 허공을 향해 아무렇게나 휘둘러졌다.

일행의 후방 쪽이다.

두 장의 부적이 비수처럼 날아 허공의 어느 한 지점에 떡하니 멈추어 섰다.

위협적으로 번뜩이는 것을 보니, 일전 장천을 구하러 갔을 때 구현했던 그 부적술과 비슷한 종류인 듯했다.

강비는 그리 생각했다.

하지만 지금의 부적술은 그때와 또 달랐다.

날았던 한 장의 부적 속에서 수(水)라는 글자가 새겨지며 쫘악 찢어져 그 일대에 엄청난 습기를 형성했다.

육안으로 물방울들이 보일 정도였다.

"뇌공사(雷公絲)!"

파지직!

남은 한 장의 부적이 찢어지며 순간 엄청난 범위의 뇌전을 생성해 냈다.

습기를 타고 흐른 번개는 수천 줄기의 벼락과 같았다.

광범위한 영역 사이로 날카로운 벼락들이 서로 부딪치며 비명을 질렀다.

빛의 향연이었다.

파괴의 장면이었다.

한 사람의 술법사가 벌인 일이라고는 믿기 힘든 조화가 허공 높은 곳부터 지상까지 이어져 보는 이의 시선을 빼앗았다.

'부족해!'

절정고수라도 단번에 구워버릴 수 있을 만큼의 화력이지만, 벽란은 잘 알고 있었다.

천랑군주에게 큰 타격을 줄 수 없음을.

그와 같은 경지의 무인을 주춤하게 할 수는 있을지언정 치명적인 타격을 줄 수는 없다.

아무리 벼락이라지만 천랑군주가 지닌 내공의 방벽을 뚫기는 힘들 것 같았다.

잠깐의 시간.

뚫고 오는 짧은 시간만을 벌어주는 것이 전부였다.

그것만으로도 한숨 돌릴 여력이 되지만, 결국 근본적인 대책이 되진 못했다.

퍼어억!

다가오는 마인의 가슴으로 무자비하게 창날을 쑤셔 버린 강비가 뒤쪽으로 소리쳤다.

"앞쪽은 거의 정리됐어!"

"서둘러요!"

강비는 벽란의 어조에서 급박함을 읽을 수 있었다.

그녀의 부적술로도 천랑군주를 막을 수 없다는 것이다.

당연하다면 당연한 일.

정점을 향해 달려가는 무인에게 있어 제아무리 신비한 술법이라 한들 제대로 된 타격을 줄 수 있을 리 만무했다.

'젠장!'

지나치게 전투에 몰입했기 때문일까.

아니면 사나운 살기가 충격을 주었기 때문일까.

온몸을 덮은 비릿한 혈향이 이제야 느껴졌다.

깨지고 박살 난 병장기 때문에 입은 상처도 상당했다.

대단한 상처라 할 만한 건 아니지만, 상처를 자극하는 미약한 마기들이 진기의 운용을 조금씩 갉아먹고 있었다.

그만한 수의 마인들을 때려부수고 돌파했다.

이 정도의 상처라면 오히려 남는 장사였다.

하지만 그의 싸움은 단순히 여기서 끝날 성질의 것이 아니었다.

용아창이라는 신기의 병장기가 없었다면 여기까지 도달하지도 못했을 터.

강비는 격전의 와중에도 자신의 무력이 더욱더 강건하지 않음을 한탄할 수밖에 없었다.

터어엉!

전면을 막아선 마지막 마인을 발길질 한 번으로 날려 버린 강비는 가볍게 숨을 골랐다.

이제부터 질주다.

사방에서 모여들고 있지만, 당장에 덤벼들 수 있는 마인들은 없다.

길을 정리한 것이다.

"달려!"

파바박!

빨라지는 신법.

나아가는 속도가 이전보다 훨씬 빨라졌다.

강비의 눈이 뒤를 향했다.

등효의 거친 얼굴이 보였다.

파리한 안색은 아직까지 그가 정상이 아님을 보여주었다.

실상 이렇게 신법을 펼칠 수 있다는 것 하나만으로도 기적이라 불릴 만했다.

'회복력이 엄청나게 빠르군.'

놀랍게도 등효의 몸에서 이는 기세는 처음 달릴 때보다도 강건해져 있었다.

곧 죽어도 부족함이 없을 심각한 내상에, 제대로 돌볼 여력도 없이 신법을 펼쳤음에도 내상이 도지기는커녕 오히려 낫고 있다는 뜻이었다.

혀가 돌아갈 만한 회복력이다.

괴물이 따로 없다.

이 정도의 회복력이라면 불사신이라 불리어도 무리가 없겠다.

속도를 더 올려도 충분히 따라올 수 있을 것 같았다.

파아앙! 파아앙!

일직선으로 늘어선 세 사람의 신형이 한 무더기로 뭉치며 빠르게 쏘아졌다.

전신의 내공을 모조리 다리에 쏟아 달리는 것이다.

절대로 죽지 않겠다는 의지가 보이지 않는 막을 형성한 것처럼 보였다.

그러나…….

그들의 시련은 이제 시작일 뿐이었다.

이제 시작이되, 감당하기 어려운 시련이기도 했다.

'대단한 검기!'

목덜미가 서늘해진다.

저 먼 전방에서 또 다른 누군가가 달려오고 있다.

바늘처럼 날카롭게 찌르는 검기는 이제껏 보지 못했던 예기를 발산하고 있었다.

천재라고 생각한 옥인도 저만한 영역에 도달하지 못했다.

창천의 검심.

제왕의 검, 하늘의 검을 간직한 절정의 검사들이 무

더기로 쏟아져 나왔다.

그 수는 많지 않지만, 이전에 앞을 막아선 마인들보다도 훨씬 더 위협적이었다.

근본적인 깨달음과 실력의 차이가 그만큼 크다는 의미였다.

"저자는?!"

옆에서 들리는 등효의 목소리.

의문과 놀라움으로 격양이 되어 있었다.

파르르 떨리는 눈동자에서 깊은 긴장감이 피어올랐다.

"조심하시오! 남궁일이오!"

강호 명문, 무가(武家)의 정점에 섰다는 오대세가.

그중에서도 검(劍)으로 최고라는 남궁이다.

게다가 남궁일이라면 현 가주의 둘째 동생으로, 십년 이내에 가주의 무력조차 뛰어넘을 거라 기대를 받는 검사였다.

그 남궁일과 뒤따르는 검사들.

첨예하게 솟은 예기는 정확하게 강비와 등효, 벽란을 향해 있었다.

어인 이유로 노리는지 알 수 없지만, 분명한 것은

싸움을 피할 수 없다는 사실이다.

'제기랄.'

호랑이를 피했는데 늑대 무리가 나타난 격이었다.

첩첩산중이라는 말이 절로 떠올랐다.

'돌파하기 힘들겠어.'

암담하기 짝이 없었다.

시시각각 가까워지는 거리.

정면에서 다가오고 있음에도 측면으로 방향을 꺾기 힘들었다.

당장의 위협이야 사라진다 한들 마인들에게까지 둘러싸이면 그때는 진짜로 죽는다.

피할 도리가 없었다.

벽란의 소매에서 부적 한 장이 쏘아진 것은 그때였다.

아니, 부적의 모양을 한 빛무리에 가까웠다.

촤아아아악!

순간, 세상이 어두워지는 착각이 일었다.

눈으로 보인 것은 착각이되, 동시에 착각이 아니었다.

무서운 속도로 다가오던 남궁의 검사들이 일순 어

리둥절한 표정으로 주위를 둘러보더니, 급작스레 방향을 틀어 좌측으로 빠져 버렸다.

느닷없이 일어난 일이었다.

정면으로 달려오는 자는 남궁일, 하나뿐.

하나 그마저도 놀란 눈으로 주변을 둘러보고 있었다.

'이게 무슨……?!'

강비와 등효가 벽란을 쳐다보았다.

한껏 아미를 찌푸린 그녀였다.

식은땀을 흘리는 얼굴이 창백하게 질려 있었다.

코에서 흘러내린 피가 볼 쪽으로 밀려나와 애처로운 감정을 불러일으켰다.

"방향감각에 혼란을 일으켰어요! 하지만 남궁일에게는 통하지 않아요! 곧 부딪치겠어요!"

그런 것도 가능하단 말인가.

그녀의 술법은 아무리 급박한 순간이라도 감탄을 아니 할 수가 없다.

실질적으로 병장기를 뻗어 살육밖에 할 수 없는 강비에게 있어서 그녀의 능력은 그야말로 놀라움 이상의 경이라 할 만했다.

하지만 벽란조차 무리를 한 것인지, 코에서 흐르는 피는 멈추지가 않았다.

상단전, 영력을 지나치게 소모한 결과였다.

강비가 신들린 무력으로 길을 텄다면, 그녀는 뒤에서 쫓아오는 모든 마인들을 봉쇄했다.

기운이 극도로 쇄할 수밖에 없었다는 뜻이다.

'돌파할 수 있을까?'

아무리 회복력이 빠르다지만, 지닌 무력을 거침없이 사용하기에는 등효도 무리였다.

벽란이야 말할 것도 없다.

술법에 문외한인 강비가 보아도 그녀가 위험하다는 것을 인지할 수 있었다.

비록 상당수의 위협을 덜었지만 남궁일 하나만 해도 상대하기 벅찼다.

평소라 해도 버거웠을 상대였다.

지금 부딪치면 십중팔구 패배일 것이다.

어찌해야 할 것인가.

어찌해야 모두가 살 수 있을 것인가.

강비의 눈에 은은한 기광(氣光)이 머물렀다.

'별수 없나…….'

살 수 있는 선택지는 있다.

찾아본다면, 시간을 쏟고 또 쏟아서 찾아본다면 몇 가지 나올 수도 있을 것이다.

하지만 지금 이 순간, 빠르게 결정해야 할 시기에 떠오른 단 하나의 길.

'누군가를 위해 목숨을 내놓는다. 이런 기분은 실로 오랜만이군.'

항상 목숨을 걸어왔다.

가벼이 여겼던 싸움은 단 하나도 없었다.

그러나 목숨을 걸었던 이면에는 그 상황을 타파할 수 있다는 자신감이 있었다.

지금은?

뒤쪽에서 다가오는 천랑군주, 앞에서 조여오는 남궁일.

심지어는 저 멀리, 또 다른 강력한 누군가의 기파도 느껴지고 있었다.

놀랍게도 그 기파는 천랑군주에 필적할 만했다.

노골적인 적의(敵意)는 아니지만, 그렇다고 호의적인 시선도 아니었다.

지금 이 상태로 셋이서 모두를 물리치고 갈 수 있는

방법이 있을까?

그의 시선이 등효와 벽란을 향했다.

힘들어 보이는 얼굴들이다.

만난 지도 얼마 안 된 녀석들이다.

하지만 어인 일인지, 십 년을 만나고 지낸 친우처럼 편안하고 끈끈한 감정이 오가는 건…….

둘 모두 첫 만남이 그리 유쾌하진 못했다.

하나 이미 마음속으로 들어선 이들이었다.

이 둘의 죽음을 담담하게 지켜보기 힘들 것이다.

눈앞에 스쳐 가는 또 다른 얼굴들이 있었다.

재기발랄한 장천, 표독스러운 표정을 짓는 당선하, 생긴 것답지 않게 불량기를 풀풀 풍겨 대던 서문종신. 만날 죽는 소리를 해 대는 암천루주 진관호.

묘한 인연을 느꼈던 옥인과 생전 처음 뵈었던 태사부 소요자.

그리고 한평생 감사를 드려야 할, 아버지이자 스승인 광무까지.

'스승님, 제자… 너무 빨리 올라왔다 화내지 마십시오.'

저 하늘 어디에선가 사부의 목소리가 들려오는 것

같았다.

— 이놈아! 네놈이 그리 활개 치며 다닐 때부터 알아봤다!

살아 계셨다면 분명 그리 말씀하셨을 것이다.

강비의 나른한 얼굴에도 모처럼 편안한 웃음이 일었다.

'사부님, 그래도 이 둘… 살려도 아까울 것 하나 없는 사람들입니다.'

당신께서 인생을 걸어 만들어낸 역작을 후세에 전하지 못한 것이 안타깝다.

이럴 줄 알았다면 천아에게라도 전수할 걸 그랬나 보다.

하지만 괜찮다.

한없이 엄하면서도 누구보다 선하셨던 당신께서는 타인을 위해 목숨을 건 제자를 칭찬했으면 칭찬했지, 역작을 전수하지 못한 걸로 책잡을 만한 분이 아니었다.

눈동자에 떠오른 기광은 깊어지고, 표정은 안온해

졌다.
마침내 결정을 내린 강비.
그의 손이 번개처럼 벽란의 혼혈을 짚었다.
기습에 가까운 손놀림이었다.
놀란 표정의 벽란.
그러나 곧 정신을 잃고야 만다.
그녀가 깨어 있다면 무슨 수를 써서라도 막았을 것이다.
그녀를 재운 이유였다.
"이게 무슨 짓이오?!"
등효의 목소리가 아릿하게 귀를 울렸다.
강비는 빠르게 벽란을 안아 그에게 건넸다.
얼떨결에 벽란을 받은 등효의 눈은 놀라움과 의아함으로 물들어 있었다.
"가시오."
"무슨?"
"내가 막겠소. 시도해 볼 만한 것이 있소. 평소라면 위험해서 꺼내지 않겠지만, 지금은 별수 없소."
"그게 대체 무슨 소리요?"
강비의 눈과 등효의 눈이 맞닿았다.

서로의 눈을 통해 서로의 마음을 본다.

"설마 당신……!"

"쓸데없는 생각 하지 마시오. 나름 자신이 있으니. 더구나 약속하지 않았소? 난 아직 당신이 사 준 술을 마시지 못했소."

죽지 않겠다는 말.

어불성설이다.

무슨 방법이 있기에 홀로 이 모두를 막겠다는 것인가.

절대로 불가능하다.

그러나 등효는 더 이상 말을 잇지 못했다.

강비의 흔들리지 않는 눈동자.

위험하게 타오르는 눈동자지만, 또한 절대적인 신뢰를 약속하는 눈동자였다.

어떤 말을 해도 결정을 바꾸지 않을 눈동자였다.

"가시오. 하남 정주, 암천루를 찾으시오. 정주의 가장 큰 주루에서 총관을 찾아 암천과 내 이름을 대면 사람이 올 거요. 곧 뒤따를 테니, 그곳에서 기다리시오."

그들이라면 분명 받아줄 것이다.

도움을 줄 것이다.

등효가 이를 악물었다.

더할 나위 없이 처참한 기분이었다.

말할 수 없는 무력감이 전신을 휘감았다.

만난 지 며칠 되지도 않은 이 남자는 자신을 위해서 두 번이나 목숨을 걸었다.

호탕하게 술 한잔도 하지 못했고, 깊은 이야기도 나누지 못했던 남자가.

"……반드시 오겠다 약속하겠소?"

"당신이야말로 약속 깨지 마시오. 무슨 수를 써서라도 천하 명주를 맛볼 테니, 나 몰라라 하면 결단을 낼 줄 아시오."

강비의 얼굴에 시원스러운 미소가 걸렸다.

등효의 얼굴에도 은은한 미소가 배었다.

강비의 웃음과는 다른, 참혹함을 숨기지 못한 억지웃음이었다.

"기다리겠소."

"가져가시오."

건네는 손길에는 은색의 장창이 들렸다.

여전히 막강한 신기를 발산하는 신병이기였다.

등효는 천천히 고개를 저었다.

"당신이 갖고 있으시오. 절대로 뺏기면 안 되오. 무슨 수를 써서라도 이 용아창을 갖고 암천루라는 곳으로 오시오."

마음을 주고 신뢰를 받는다.

절대적인 신뢰다.

강비의 미소가 짙어졌다.

"자, 갑시다."

파아악!

더욱 빠르게 가까워진다.

날카롭게 예기를 세운 남궁일.

이미 손에는 검집에서 나온 한 자루 명검이 쥐어졌다.

푸른색이 감도는 보검(寶劍)이다.

상당한 거리가 남았음에도 피부를 찌르는 검기가 예사롭지 않았다.

강비는 가볍게 심호흡을 했다.

'적어도 일다경은 버틸 수 있을 거다.'

일다경(一茶頃).

찰나의 시간에 생사가 갈리는 전투에 있어서 길다

면 길고, 짧다면 짧은 시간이었다.

'자, 나에게 다오, 힘을.'

깊고 깊은 염원의 울림.

호천하는 패왕의 진기가 빠르게 한곳으로 모여들었다.

엄청난 압축으로 단단하게 뭉쳐 버린 한곳을 향하여.

깨진 틈으로 안정적인 진기를 보내고 있던 그곳으로.

깨달음으로 다가서 육신과 정신을 막강하게 다듬어야 할 비지(秘地)를 억지로 일깨워 버렸다.

우우우웅.

칼날처럼 파고든 붉은 진기가 깨진 틈을 벌리고 또 벌렸다.

얼마나 단단하게 뭉쳤는지, 어느 정도 틈이 벌어졌는데도 열기가 꽤나 힘들었다.

그러나 한 번 열어젖힌 진기의 내단을 지금이라고 못 열 리 없었다.

스르륵.

발에 밟힌 돌멩이가 희뿌연 먼지를 일으키며 곱게

갈렸다.

보이지 않는 무언가가 하늘과 땅 사이, 강비에게로 휘몰아쳤다.

흘러나오는 진기의 농도가 끝 간 데를 모르고 짙어지며, 강비의 눈에서 적색의 패왕기와 청색의 내단기(內丹氣)가 역변을 거듭했다.

파삭!

마침내 깨어지는 진기의 구(球).

화아아악!

순간, 무시무시한 돌풍이 사방으로 휘몰아쳤다.

전신에서 뿜어져 나오는 기파가 바닥을 헤집으며 미친 듯한 바람을 생성해 냈다.

함께 달리던 등효가 일순간 옆으로 훅 밀쳐질 정도로 압도적인 힘의 방출이었다.

등효의 눈이 경악으로 물들고…….

강비의 신형이 그 자리에서 훅, 사라졌다.

퍼어어억!

언제 어느새…….

저 앞까지 나아가 남궁일에게 일권(一拳)을 먹였다.

준비조차 하지 못한 채 맞이한 일격.

입에서 피 분수가 터지며 남궁일은 뒤로 날아갔다.

손에 든 보검을 한 번 휘두르지 조차 못한 채, 훨훨 날아가 땅바닥에 처박혔다.

일견해도 심각한 내상을 입은 모양새였다.

아무리 쏟아낸 공력의 양이 방대할지라도 그만한 고수가 일격에 전투 불능 상태로 빠질 순 없는 법.

그 말인즉, 강비의 전신을 가득 채운 공력의 양이 상상을 초월한다는 뜻이었다.

"달리시오!"

무지막지한 기를 뿜어내고 있는 와중이라서 그런지, 소리치는 목소리에서는 이전에 느껴볼 수 없던, 엄청난 위엄이 함께했다.

무조건 따라야 할 절대적인 명령처럼, 등효의 몸은 이미 제멋대로 저 앞으로 질러가고 있었다.

어느 정도 거리를 벌린 뒤.

강비의 두 다리가 땅을 찍어냈다.

콰아아앙!

산사태라도 날 것 같은 소리였다.

두 발이 찍은 땅이 무수한 균열을 내며 사방으로 거

친 신음을 토해냈다.

더욱더 강력해지는 기파.

튀어 오르는 돌조각들이 가루로 휘날려 하늘 높은 곳으로 올라갔다.

그의 몸 주위로 붉고 푸른 불길이 일렁였다.

눈동자에서 뿜어지는 신광은 하늘마저 꿰뚫을 듯 무지막지한 광채를 발했다.

가볍게 뒤로 제낀 용아창이 수천 자루로 늘어난 것만 같은 환상이 일었다.

저 멀리서 뒤따라오던 마인들이 일순 걸음을 멈췄다.

주춤주춤.

멈춘 걸 넘어 물러서기까지 했다.

압도적인 존재의 출현에 겁을 집어먹은 것이다.

그것은 경지의 높낮음으로 판단될 문제가 아니었다.

이미 한 마리의 괴수로 화한 강비.

이 영역에 있는 모든 자가 손가락 하나 까딱할 수 없는 진창으로 빠져 버렸다.

그 누구도 등효를 쫓지 못했다.

모든 시선이 그에게로 몰렸다.

어렵사리 술법을 찢고 나온 천랑군주도, 저 멀리서 지켜보고 있던 곽동산과 감호도, 술법으로 길을 잃은 남궁가의 검인들도 강비에게서 시선을 떼지 못했다.

세상에 다시없을 신인(神人)으로서의 면모.

강비의 입이 벌어졌다.

'아아!'

세상이 달라 보인다.

이전과 같은 색, 모양의 천하지만, 동시에 너무나도 달랐다.

시간의 흐름이 손에 잡힐 듯했고, 거칠게 부는 바람도 눈으로 포착이 가능했다.

쏟아지는 태양과 잔잔하게 흐르는 한기(寒氣)조차 그의 모든 감각에 걸리고 있었다.

지닌바 무공을 완전하게 뽑어낼 수 있을 것 같았다.

용아창을 쥐었을 때와는 다른 느낌이다.

한 발을 떼면 하늘로 솟구칠 수 있을 듯하고, 창을 휘두르면 산이라도 허물을 수 있을 것 같았다.

광활한 무(武)의 세계가 끝없이 펼쳐지고 있는 것이다.

모든 것을 볼 수 있고, 모든 것을 행할 수 있다.

광무가 보고 싶어 하던, 지금의 소요자가 보고 있는 무신(武神)의 세상이 이러할까.

"이것이 대체……!"

다소 험한 꼴이 된 천랑군주는 벌린 입을 다물지 못했다.

세상에 다시 보지 못할 괴물이 저기에 있었다.

불완전하게 일렁이는 기의 파동을 느꼈지만, 그런 사소한 것을 잊게 만들 정도로 무지막지한 기파였다.

순수한 파괴의 개념이 똘똘 뭉치면 저러할까.

느껴지는 기의 농도가 믿을 수 없을 만큼 깊었다.

그의 눈이 주변을 훑었다.

무엇으로도 두려움을 주지 못한다는 마인들, 그의 수하들이 겁을 집어먹고 있었다.

스스로 느끼지도 못한 채 뒤로 슬글슬금 물러서고 있었다.

역전의 마인들이라 불리는 천랑대(天狼隊)답지 않은 모습이었다.

당연하다면 당연한 일이었다.

당장 천랑군주 자신조차 몸이 떨리고 있었다.

"무슨 일이 벌어진 것인가!"

높은 언덕에서 내려다보던 곽동산이 벌떡 일어섰다.

감호는 말조차 잇지 못했다.

이 지역 전체를 뒤집어 버릴 듯한 패력이었다.

누구도 건드리지 못할 것 같다.

자연재해가 사람의 몸에 들어 기지개를 켜면 이러할까 싶었다.

황홀함으로 물들었던 강비의 눈이 저 멀리 멈추어 선 천랑군주에게 향했다.

'비사림.'

그의 눈에 타오르는 살기가 맺혔다.

등효의 말을 들어보건대, 비사림의 마인들 중에서도 천랑군주의 집요함은 독보적이라 들었다.

지금이 아니라면 잡을 수 없다.

한순간 막아선다 해도, 어떻게 해서든 등효와 벽란을 쫓을 자였다.

그럴 수는 없다.

무슨 수를 써서라도 천랑군주만큼은 이 자리에서

막아야만 했다.

콰아아앙!

바닥을 박차고 나아가는데, 내딛었던 땅이 화포의 포격을 몇 대라도 맞은 듯 박살 났다.

제어되지 못한 힘이 대지를 터트린 것이다.

나아가니 어느새 천랑군주 앞이었다.

천랑군주의 손이 발작적으로 전방을 향했다.

무시무시한 쾌공(快功), 참뢰장이다.

일찍이 겪어보지 못했던 빠름으로 죽음 직전까지 몰아세우던 장법이다.

얼마나 대단한 무공이던가.

그런 무공조차 지금의 강비에게는 그리 큰 위협이 되지 못했다.

창을 쥐지 않은 왼손이 천랑군주의 참뢰장과 부딪쳤다.

콰아앙!

엄청난 폭음이 사위를 휩쓸었다.

파괴되고 이지러진 경력이 사방으로 튕기며 땅거죽을 뒤집고 아름드리나무를 터트렸다.

힘과 힘의 대결.

그 충격파만으로도 주변에 있던 마인 서너 명이 피를 토하며 나자빠졌다.

'크!'

천랑군주의 몸이 일 장이나 뒤로 물러섰다.

대단한 충격이다.

참뢰장을 펼쳤던 손이 통째로 날아갈 것만 같았다.

무섭도록 농도 짙은 상대의 진기가 체내로 침투하여 내상을 유발했다.

무식한 힘이었다.

타인과의 전투에서 이토록 밀렸던 적이 얼마 만인지 기억도 나지 않는다.

천랑군주의 마안(魔眼)에 당혹감이 어렸다.

부아아앙!

퍼억! 퍼억!

내질러지는 용아창.

겨우 피해냈다.

그러자 갈 길을 잃은 창의 경력이 땅을 뒤집어놓았다.

기가 질릴 만한 위력이었다.

강비의 눈에서 뿜어지는 광채가 짙어졌다.

쾅! 쾅!

혀가 돌아갈 만한 속도로 따라붙어 공격을 전개하는데, 속도가 미친 듯이 빨랐다.

주먹질, 발길질, 어느 것이 날아오는지 생각할 틈조차 없다.

본능대로 막아내는데, 막는 부위가 터져 나갈 것 같은 통증이 뇌리를 흔들었다.

'당한다!'

아무리 빠르다 한들 깨달음의 경지가 달랐다.

천랑군주는 강비가 공격해 올 모든 방위를 눈으로 볼 수 있었다.

분명 감탄이 절로 나올 만한 투로로 공격을 감행하지만, 천랑군주의 눈을 온전히 피할 수 있을 정도로 강비의 깨달음은 상대적으로 높지 않았다.

그럼에도 그는 막을 수 없었다.

눈에는 보이지만 속도를 따라잡기 힘들었다.

천하에서 쾌공으로는 손가락 안에 꼽힐 만한 무공이라 자부하는 참뢰장임에도 강비의 공격에 도통 대항하기가 힘들었다.

콰! 콰! 콰아앙!

일격을 받아낼 때마다 조금씩 내상을 입었다.

해소할 수 있는 힘이 아니었다.

버티고 있는 그 자체만으로도 믿기 힘들었다.

'버텨야 한다.'

천랑군주는 알고 있었다.

지금 강비의 상태는 정상이 아니다.

어떤 수로 이만한 힘을 낼 수 있는지는 모르지만, 그 시간이 길지는 않을 것이다.

무인으로서의 본능이 속삭여 주고 있었다.

실제로 강비의 공격력은 점차 올라가고 있지만, 그만큼 기파는 거칠어지고 있었다.

기가 흔들린다는 것은 그만큼 내부가 불안정하다는 뜻이었다.

끝까지 버티면 역전 기회는 충분했다.

그러나 천랑군주가 아는 것을 강비라고 모를 리가 없었다.

다른 누구도 아닌 자신의 몸이다.

시간이 많지 않다는 것을 그는 절실하게 체감하고 있었다.

'여기서 잡는다!'

천랑군주만큼은…….

어떤 수를 써서라도 잡아야 했다.

죽이지 못할 거라면 사지 중 하나라도 뜯어내야 한다.

족히 몇 달은 정양해야 할 내상 정도는 입혀줘야 한다.

그의 손에 들린 용아창이 빛에 휩싸였다.

터지는 패왕진기가 무지막지해서인지, 본연의 모습은 찾아볼 수 없었다.

마치 붉은 광채를 휘두르는 것만 같았다.

순간, 천랑군주는 머리카락이 쭈뼛 서는 감각을 맛보았다.

엄청난 것이 온다.

피하지 못하면 무조건 죽는다.

막아설 수 없는 힘이 다가오고 있는 것이다.

부아아앙!

찰나의 찰나를 쪼갠 극한의 시공 속에서…….

거대한 붉은 태풍 일곱 개가 전면으로 쏘아졌다.

회천포 일곱 발이다.

하나의 회천포를 펼침에 있어서도 약간의 시간이 필요했던 강비가 무려 일곱 발의 회천포를 순간적으로 펼쳐 내고 있는 것이다.

더 많은 회천포, 더 막강한 회천포였다.

수년 만에 죽음이라는 단어를 떠올린 천랑군주였다.

위기감에 뒤로 물러섰지만, 공격 범위가 엄청나게 넓고 거셌다.

미세하게 휩쓸리기만 해도 중상이다.

어떻게 해서든 공격 범위에서 벗어나야 했다.

천랑군주의 몸이 번개처럼 우측으로 빠졌다.

콰콰쾅!

힘의 결정이 대지를 강타했다.

뭐라 표현하기 힘든 분출이었다.

몇 그루의 나무가 거의 가루가 되다시피 했고, 땅거죽이 뒤집혀 폭음을 터트렸다.

응축될 대로 응축되어 사위를 휩쓸어 버린, 무자비한 기의 파동 앞에서 천랑군주의 몸이 연기와 함께 옆으로 튀어나왔다.

"커헉!"

한 사발의 피를 토하는 천랑군주.

창백한 안색에 떨리는 눈동자가 심상치 않았다.

대부분의 공격을 피해냈지만, 또한 완전하게 피해내지 못했다.

참뢰장의 공력을 극한까지 끌어 올려 상쇄시키지 않았다면 몸의 반쪽이 날아갔을 것이다.

그러나…….

"쿨럭."

피를 토하는 건 강비 역시 마찬가지였다.

확산되어 신의 경지를 보여준 공력은 점차 육신을 갉아먹기 시작했다.

더불어 천랑군주의 참뢰장이 미약하나마 그의 몸을 두들기며 기혈의 파괴를 촉진시킨 것이 문제였다.

호천패왕신공의 신묘한 공능으로도 점차 무너져 가는 내부 붕괴를 막기가 힘들었다.

'이 정도면…… 아니다. 아직 모자라.'

강비의 눈동자가 재차 활활 타올랐다.

천랑군주라는 희대의 무인에게 내상을 입혔다는 것 하나만으로도 일대 사건이라 할 만하지만, 그 정도로는 안심할 수가 없었다.

용아창을 잡은 그의 손에 거친 힘줄이 돋았다.

'조금만 더.'

버틸 수 있다.

기혈이 손상되는 속도가 빨라지고 있지만, 아직은 버틸 수 있었다.

파아앙!

바닥을 박차는 강비.

비천, 하늘을 난다.

무자비한 속도로 짓쳐 들어 손에 들린 용아창을 휘두르는데, 섬세함은 무너졌어도 그 위력은 여전히 파천(破天)에 이르러 있었다.

천랑군주가 재빠르게 물러서며 허공에 손을 뻗었다.

막강한 마기로 제련된 참뢰장이 용아창의 허점을 교묘히 비집고 들어와 위력을 대폭 깎아먹었다.

중한 내상을 입은 와중에도 펼치는 무공에 파탄이 보이지가 않았다.

죽기 직전에도 똑같은 위력의 무공을 구사할 수 있을 것만 같았다.

이것이야말로 정상을 향해 달려가는 무공이다.

대단한 무위였다.

쩌저저정!

물러서는 천랑군주.

힘으로만 밀고 들어오는 공격은 아무래도 단순한 만큼 상대하기 쉽다는 게 통념이지만, 그것도 어느 정도였다.

이 정도로 거센 힘의 분출이라면 피하기조차 쉽지 않았다.

울컥 피를 쏟아내며 뒤로 물러서는 천랑군주.

그의 양손에 불길한 기운이 맺히며 퇴로를 확보하면서도 전방에 기의 방패를 구현했다.

쾅! 쾅!

허공이 찢어지는 것만 같았다.

고대 신화시대의 겨룸이 이러할까.

인간의 영역에서 벌어질 수 있는 싸움이 아니었다.

이 대자연에 충만한 기(氣)를, 인간의 한계를 넘어서 분출하는 두 사람의 신위(神威)는 보는 이들로 하여금 경악 이외의 감정을 모조리 빼앗았다.

그렇게 몇 번이나 거센 공방을 주고받았을까.

문득 깨닫는 게 있는 강비였다.

핏줄이 선 그의 눈동자에 섬광이 일었다.

'허점이 없다? 그럼에도 난 밀어붙이기만 했던가.'

천랑군주.

지닌바 무력이 극강의 경지에 이르러 범부의 눈으로는 감히 상상조차 하기 힘든, 신인의 면모를 보여준 무인이다.

그런 이에게 아무리 엄청난 공력으로 일거에 공격을 쏟아붓는다고 하지만, 치명적인 일격을 가할 수 있을 리가 없었다.

깨달음이 다르기 때문이다.

천랑군주는 저만한 무위를 이루기 위해 엄청난 고련을 쌓아오면서 무수히 많은 것을 체득하고 깨우쳤을 것이다.

지금의 강비로서는 천랑군주의 허점을 파고들 여지가 없었다.

공력의 차이로도 메워지지 않는, 근본적인 실력의 차이라는 것이다.

그런 이에게 허점을 찾으려고만 했다니.

'압도할 수 있다는 생각을 버려야 한다.'

전신에 충만한 힘 때문일까?

그저 밀어붙이기만 한 것이 잘못이었다.

본래의 강비라면 결코 그런 수를 쓰지 않았을 것이다.

허점이 없다면 만들어서라도 비집어들고, 결정적인 때에 강력한 일격으로 치명상을 입히거나 목숨을 앗아가는 실전적 전투법이야말로 강비의 무공이었다.

수백 번의 전투 경험으로 몸에 새겨진 살법(殺法)의 도(道)가 충만한 공력 때문에 제 역할을 못하고 있었다.

이래서는 안 된다.

이렇게 가다가는 증폭된 공력이 먼저 자신의 육신을 파멸시킬 것이다.

그전에 담판을 지으려면 본래의 자신으로 돌아가야 했다.

파바박!

의식이 일자 변화가 생긴 건 순간이었다.

수십 그루의 나무를 박살 내면서 밀어붙이던 강비의 신형이 일순간 사라져 버렸다.

성난 황소처럼 돌진하던 이가 갑자기 시야에서 사라져 버렸다.

천하의 천랑군주조차 당황하지 않을 수가 없었다.

'뒤?!'

부아앙!

좌측에서 휘둘러진 폭발적인 각법.

뒤인 줄 알았는데… 좌측이었다.

무지막지한 기를 쏘아내 또 다른 존재감으로 정신을 혼동시키는 것, 천재적이었다.

본능적으로 고개를 숙이지 않았다면 머리통이 날아갔을 것이다.

'……!'

한데 느껴지는 감각이 없다.

이만한 힘을 가진 자의 각법이 휘둘러지면 마땅히 머리 위가 미친 듯한 기의 파동으로 요동쳐야만 정상이었다.

그럼에도 아무런 감각이 없었다.

그저 알 수 없는 위화감만이, 순간적으로 그의 전신을 가득 채울 뿐이었다.

그것조차 허(虛).

머리를 노릴 줄 알았던 각법이 놀랍게도 아래에서 솟구쳤다.

기만 뒤에 기만, 허초 뒤에 허초였다.

예상조차 못했고, 심지어 피할 수조차 없는 일격이었다.

퍼어억!

눈앞에 빛이 명멸했다.

입과 코에서 터져 나오는 핏물.

천랑군주의 몸이 허공 높은 곳으로 떠올랐다가 재차 바닥에 떨어졌다.

팔뚝으로 겨우 막아냈지만, 충격이 너무 거세서 오른팔이 부러지고 뇌까지 충격을 받았다.

'엄청나다.'

허공으로 떠올랐던 그 잠시 동안 정신이 날아갔다.

극도로 집중하지 않았다면 착지조차 제대로 못한 채 다리가 부러졌을 터.

생각만 해도 끔찍했다.

팔 하나가 부러진 것만 해도 문제인데, 두 다리까지 부러졌다면 죽은 것과 진배가 없는 일이었다.

일순간 전방 모든 것을 파괴시켜 버린 이전의 막강한 창술보다 지금의 변칙적인 각법이 몇 배나 더 무서웠다.

그러나 고난은 이제 시작이었다.

파바박!

쉬이익!

신들린 듯이 몰아쳐 오는 무공.

허점이 없는 상대에게 허점을 유도하고 사각을 만들어낸다.

이전, 그토록 심한 차이가 났음에도 반격까지 가하던 강비의 무공이 내단의 힘을 빌어 천랑군주를 압도하기 시작하니, 그야말로 기겁할 일이었다.

퍼버벅! 퍼벅!

무슨 정신으로 막고 피했는지 모를 일이었다.

'너무 빠르다!'

조금 전, 무작정 밀어붙일 때도 엄청나게 빨랐지만, 지금은 또 다른 속도였다.

기만과 허초를 유용하게 사용, 절묘한 선으로 공격을 날리니 한 박자씩 알아차리는 게 늦어졌다.

당연히 속도감은 배가되고 방어가 무너질 수밖에 없었다.

이 정도로 위력적인 공격법.

세상 누구라도 막기가 힘든 법이었다.

타격당하는 부위가 점점 많아질수록 외상과 내상이

짙어지고 견고하기가 철벽에 비견될 만했던 천랑군주의 정신까지도 어지러워지기 시작했다.

후우웅!

쩌어엉!

그러나 그처럼 매서운 공격에도 천랑군주의 무공은 흐트러짐을 보이지 않았다.

정신이 흐트러졌을지언정 수천, 수만 번의 연신으로 몸이 기억하고 있는 것이다.

이전보다 파격적이고 능수능란한 무공은 보이기 힘들지만, 어떻게 해서든 강비의 공격을 막아가고 있었다.

대단한 무력이었다.

극도의 집중력으로 천랑군주를 몰아치는 강비도 새삼 상대의 무공에 경의를 표할 수밖에 없었다.

절대자의 위치에 오른 자의 저력이란 것은 한순간의 기지와 힘으로도 어쩌지 못할 강철의 방벽을 자랑하고 있었다.

그러나…….

아무리 깊은 공력과 드높은 깨달음의 절대자라도 한계는 있는 법이었다.

며칠 동안 수면조차 취하지 않은 채 주변을 에워싸고 무공, 술법 등으로 상당한 낭패를 당한 천랑군주였다.

몸 상태가 평소와 같을 수 없는 것이다.

그런 요소들이 축적되니 보이지 않는 실수도 나오는 법.

퍼어억!

용아창의 창대가 대적(大敵)의 복부를 가격했다.

그나마 창날의 창격이 아니었기에 다행이랄까.

그러나 신병이기, 용아창의 창대로 맞은 그의 몸이 거의 십여 장을 날아가 땅바닥에 처박히니, 극심한 내상을 입은 모양새였다.

그토록 폭발적이었던 기파가 한없이 수그러들기 시작했다.

불안한 진기의 파동.

그럼에도 기어이 일어나 자세를 잡는 모습을 보면, 가히 초인은 초인이라 하겠다.

"커헉!"

스스로 초인임을 증명했지만, 용아창에 실린 내력은 가히 파멸적이라 할 만했다.

결국 무너질 수밖에 없는 몸이다.

한 사발의 피를 쏟아내며 몸을 떠는데, 이미 정신력으로 일으키기 힘든 수준인 듯했다.

떨리는 그의 마안이 전방을 향했다.

쿠웅.

용아창을 비껴 들고 다가오는 무적의 괴물.

천랑군주도 돌이키기 힘들 만큼의 내상을 입었다지만, 강비도 결코 정상이 아니었다.

증폭되는 내력은 여전히 거셌으나 새하얀 안색, 코와 입에서 흐르는 핏물은 그의 상태가 극히 위험하다는 걸 알려주고 있었다.

시간이 흐를수록, 내력을 사용하면 할수록 기혈이 손상되는 속도 역시 빨라지고 있는 것이다.

그럼에도…….

눈동자는 한 점 떨림이 없었다.

타오르는 불길처럼 하나의 의지를 담은 채 용아창을 치켜들고 있었다.

'죽는가…….'

이 드넓은 중원 대지로 들어선 지 얼마 되지도 않았거늘, 이렇게 죽는구나 싶었다.

비사림이 다시 한 번 정식으로 비옥한 중원 대륙을 질타할 때, 온갖 마인들을 지휘하며 호탕하게 전투를 치르리라 다짐했거늘, 자신에게 그런 행운까지는 없는 것 같았다.

천랑군주의 눈에서 마침내 포기의 기색이 어리고…….

강비의 용아창이 냉정하게 하늘 위로 올라설 때였다.

퍼어어억!

허공을 일그러트리며 날아온 한 줄기 경력이 강비의 몸을 우측으로 튕겨냈다.

그리 강력하다 말하기 어려운 힘이지만, 대비하기가 극히 힘들었다는 점에서 절묘한 공격이라 할 수 있었다.

강비의 손에서 새하얀 연기가 일었다.

"비록 마음에 드는 것들은 아니지만, 마냥 눈뜨고 당하는 걸 보기에는 심란한 위치라 말이야."

홀연히 나타났다.

아무리 온 정신을 천랑군주에게 쏟았다지만, 공력 증폭으로 감각이 이전보다 예민해진 강비가 제대로 기척을 알아차리지 못할 만큼 은밀한 움직임이었다.
중년의 나이, 흑색의 무복.
허리춤에는 한 자루 묵직한 도가 걸려 있다.
무신성의 흑호령주, 곽동산의 등장이었다.
스르릉.
천천히 드러나는 한 자루 도(刀).
두터운 도신(刀身)에 한 마리 호랑이가 새겨져 있었다.
은은한 먹빛은 태양마저 빨아들일 것 같았다.
한눈에 보아도 어지간한 병장기는 상대되지 못할 보도(寶刀)였다.
"이만하면 어떻겠나. 자네도 제법 위험한 상황인 듯한데, 더 이상 서로 간에 불필요한 싸움질은 화만 부를 뿐이야."
문답무용이란 식으로 칼을 빼 들었으면서 싸움을 멈추라 말한다.
강비의 강렬한 눈이 곽동산의 눈과 마주쳤다.
'이자로군.'
저 멀리, 어디선가 자신을 내려다보던 눈이었다.
그 힘이 천랑군주에 못지않음을 느낀 자였다.

마인은 아니지만, 전신에서 발산하는 묘한 투기(鬪氣)를 보건대, 칼 한 자루에 목숨을 건 사람이라는 생각이 들었다.

"더 이상 싸우겠다면 말리진 않겠지만, 나까지 상대하려면 제법 힘들 걸세. 기실 이렇게 싸움을 중재하는 것도 내 생전 얼마 없던 일이나 어느 한 사람도 버릴 수 없는 처지이니 어쩔 수 없겠지."

어느 한 사람도 버릴 수 없다?

이건 또 무슨 말인가.

"천랑군주는 별수 없더라도, 자네는 이대로 버리기 아까운 무인이야. 그러니 어서 가도록 해. 가서 몸을 정비하고 새로이 만나지. 그때는 이대로 보내주지 않을 터이니, 작정하는 게 좋을 거야."

곽동산의 눈.

진실되게 타오르는 그 눈동자 속에 있는 것은 다름 아닌 투지였다.

투지는 투지이되, 아직 완성되지 않은 무인에 대한 안타까움과 묘한 호승심이 공존하고 있었다.

무서운 자다.

강비가 백전을 치른 고수라 하지만, 이자 역시 강비

못지않은 선혈의 전투 속에서 스스로의 무공을 키워온 자였다.

만약 내단을 깨고 공력을 이 정도까지 증폭시키지 않았다면 필패(必敗)의 결과를 불러올 만큼 막강한 고수였다.

"날 노리는 게 아니었나?"

"그런 명령을 받은 기억은 나는군."

놀랍다.

상대의 입에서 명령이라는 단어가 나왔다.

도대체 저 정도로 대단한 고수를 부릴 수 있는 집단이 또 있다는 게 믿겨지지가 않았다.

'사대마종!'

그들 이외엔 없다.

확신에 가까운 추측이었다.

"그렇다면 왜 놓아주는 거지?"

"귀가 어두운 친구로군. 말하지 않았나. 넌 재능이 있어. 실력도 있지. 하지만 아직은 더불어 병장기를 나눌 만한 실력까지는 되지 않아. 가라. 가서 그 무(武)를 더욱 쌓아 올린 후에 만나기로 하지. 지금 겨룬다면 재미있는 싸움이 될 것 같지가 않는단 말이다.”

자신감 넘치는 어조였다.

지금의 강비라면 아무리 흑호령주 곽동산이라도 목숨을 걸고 싸워야 할 상대임이 분명할 터.

그럼에도 그리 말했다.

세상을 오시할 만한 풍모가 절로 드러나는 무인이었다.

‘내 상태를 알고 있군.’

더 이상 지체하다가는 위험했다.

천랑군주의 존재를 세상에서 아예 지워 버리고 싶었으나 거기까진 무리인 듯했다.

시간을 더 소비하면 진짜로 돌이킬 수 없는 지경까지 도달할 것이다.

강비의 강렬한 안광(眼光)이 천랑군주를 향했다.

피폐해진 몰골.

한 달이 아니라 족히 석 달은 정양해야 할 만큼 망가진 육신이었다.

당장 죽어도 할 말이 없을 만큼 당했다.

소기의 목적은 달성한 셈이었다.

“한 가지 약속을 한다면 나도 물러나겠다.”

"약속? 지금 네가 그런 걸 제안할 처지이던가?"

"못할 것도 없지."

"아서라. 네 기의 파동, 심상치가 않아. 필시 정상적이지 않은 술수로 공력을 증폭시킨 것이겠지만, 이미 한계에 다다랐다. 덤비면 넌 죽어."

"당신과 겨루면 그럴 수도 있겠지. 하지만 난 내가 죽더라도 천랑군주만은 죽일 거다. 작정한다면 못할 것 없어."

곽동산의 얼굴이 굳어졌다.

목숨을 건다는 상대의 각오가 느껴졌고, 그 각오는 단순한 말을 진실로 구현해 낼 수 있을 정도의 힘을 품고 있었다.

'어떻게 해서든 천랑군주만큼은 박살 낼 생각이군.'

지독한 놈이다.

꺼지지 않는 불길과 같다.

한 하늘을 이고 살 수 없는 원수지간이라도 되는지, 천랑군주에 대한 집착마저 느껴지고 있었다.

'확실히…….'

지금껏 보아왔던 상대의 역량이라면 충분히 가능할

것 같았다.

그는 한 번 더 참기로 했다.

천랑군주의 죽음도 죽음이지만, 상대 역시 이대로 죽으면 참으로 아까울 놈이었다.

죽음을 불사하고도 동요를 보이지 않는 무인.

이유야 어찌 되었든 이런 기개와 강인함은 천하에서 찾아보기 힘든 것이었다.

"좋다. 어떤 약속을 말함이지?"

"더 이상 나와 내 일행을 쫓지 않는다는 조건이다."

그럴 것 같았다.

일행을 도주시키고 퇴로를 홀로 막은 놈이다.

다른 것이 있을 리 없었다.

"그 약속, 받아들이지."

흔쾌한 한마디였다.

지나칠 정도로 쉽게 받아들이니, 강비조차 얼떨떨해질 지경이었다.

되레 놀란 것은 천랑군주였다.

"흑호령주!"

"참는 게 좋을 것 같은데? 내 힘이면 저놈을 충분

히 죽일 수 있지만, 죽이기 전까지 널 보호할 자신은 없어. 스스로의 상태를 정확하게 인지하는 것도 무인의 덕목이다. 인정할 건 인정해야지."

천랑군주가 이를 갈았다.

그라 하여 상황을 모를 리 없지만, 이대로 보내주기에는 후환이 두려운 놈이었다.

'하필이면…….'

이곳에 무신성의 미친놈들이 온 것이 문제였다. 이전에 막아설 때도 곽동산이 작정했다면 강비에게 중상을 입혀놓는 것도 가능했으리라.

싹이 보이면 밟아야 하는데, 오히려 더 크게 자라라고 기대까지 한다.

강한 대무 상대에게 환장하는, 무공에 미친놈들다운 짓거리였다.

"……좋다."

"자, 됐나?"

말 몇 마디로 추격이 정지되었다.

강비는 곽동산과 천랑군주를 바라보았다.

성격을 떠나 이미 종사(宗師)라 불릴 정도로 대단한 힘을 가진 자들이었다.

이런 자들의 약속이라는 것은 깨어지지 않는 법이다.

안심해도 될 것 같았다.

아니, 그리 믿고 싶었다.

더 이상은 위험했다.

"믿는다. 그럼 나중에 보도록 하지."

파아아앙!

있는 대로 공력을 뿜어내며 그 자리에서 이탈했다.

강비의 몸은 벌써 저 멀리로 나아갔다.

새조차 따를 수 없을 만큼 빠르고도 빠른 경공이었다.

곽동산의 얼굴에 호방한 미소가 어렸다.

"마음에 드는 놈이로세."

적의 말을 믿는 자, 결코 많을 수 없다.

그럼에도 강비는 대적들의 말을 믿었다.

약속을 이행할 거라 믿은 것이다.

자신의 목숨을 걸었고 상대의 인품을 인정한 것.

어리석은 것이 아니라 알고 있는 것이다.

대범하고도 대단한 기질이었다.

무척이나 인상 깊은 잠룡(潛龍)을 만난 기분.

훗날 다시 한 번 만나 서로의 무력을 뽐내게 될 때는 얼마나 성장해 있을지 상상만 해도 즐거워졌다.

"부디 많이 성장하길 빈다."

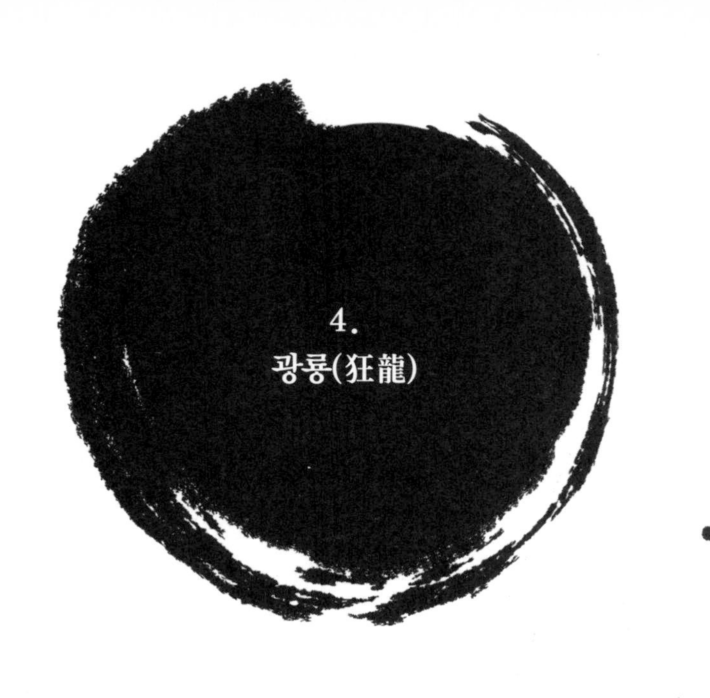

4.
광룡(狂龍)

"커허억!"

게워내는 피가 심상치 않다.

몸에 독기가 쌓여 뱉어내는 검붉은 빛이 아니었다.

생생하고도 생생한 선혈이었다.

'제기랄.'

온몸이 찢어지는 듯한 고통.

몸에 있는 피란 피는 전부 토해내고 싶은 기분이었다.

가슴이 쉴 새 없이 뛰고, 복부는 요동을 쳤다.

전신에 가득 차서 미지의 세계를 보여주었던, 순도

높은 정기가 이제는 완연히 파괴의 기색을 띤 채 무자비하게 내부를 망가트리고 있었다.

통제되지 못해 줄기줄기 뿜어져 나오는 적청색의 기가 위험하게 이글거렸다.

그토록 파괴적인 무공으로 해소를 시켰음에도 아직 깨진 내단 그릇 안에 존재하는 기는 무시무시할 정도로 깊었다.

하루를 꼬박 미친 듯이 내력을 방출해도 다 빼내지 못할 만큼 기의 용량이 어마어마했다.

이런 엄청난 기운이 몇 년 동안이나 체내에 응축되어 있었다니, 믿기지가 않았다.

'사부님.'

엄격함과 인자함이 공존하는, 그리운 얼굴.

생애 가장 많은 정을 주었던, 또한 받았던 그 이름이다.

당장 모든 집중력을 총동원해 기의 통제력을 쥐어야 할 중요한 순간에 사부님의 얼굴이 떠오른 것은 왜인지…….

주르륵.

입과 코에서만 흐르던 피가 이제는 눈에서도 흐르

기 시작했다.

안구의 실핏줄이 터져 버린 것이다.

죽을 것만 같은 위기 속, 강비는 눈을 질끈 감았다.

"집중하자. 아직은 포기하기 일러."

항상 사부님께서 하셨던 말이다.

포기하기 이르다.

한때의 시간일 뿐이다.

지나고 나면 그것을 왜 버티지 못해 추태를 부렸을까 후회하는 감정밖에 가질 게 없다.

능력의 문제라면 또 모르되, 버티기 싸움이라면 강비에게도 승산이 있다.

그게 문제였다.

극한의 고통뿐이라면 어떻게든 버티겠지만, 이건 능력의 문제였다.

천운(天運)이 함께하지 않으면 버텨내지 못한다.

곽동산과의 대화에서 지나치게 시간을 소모했고, 동시에 천랑군주의 무력이 생각 이상으로 대단했다.

한 번 깨진 내단에 내상까지 축적되었으니, 호천패

왕신공으로도 어떻게 막을 수가 없었다.

서 있기도 힘들고, 앉기도 힘들었다.

'이렇게 죽는가.'

어쩐지 미소가 나올 것 같았다.

내단을 깨는 순간부터 죽음은 각오했다.

하지만 역시 사람이란 간사한 것인지, 어떻게든 살고자 발악을 했다.

포기하지 않는 사람이 아름답다지만, 괜스레 부끄럽기도 하고 안타깝기도 했다.

'그래도 해봐야 하는데…….'

짙은 내상에 추격을 정지시켰다는 안도감 때문인지 의욕이 일지 않는다.

할 것은 다 했다는 기분.

이렇게 죽어도 나답다는 생각에 입가에 자그마한 미소가 드리워졌다.

우우웅.

용아창이 희미하게 울었다.

오랜 세월, 마침내 만난 인연이 죽어간다는 게 슬펐던 걸까?

어딘지 모르게 비장하고 암울한 떨림이 느껴졌다.

순간, 강비의 머리에 등효의 얼굴이 스쳐 지나갔다.

"커허헉!"

그리 많이도 흘렸는데 아직 더 나올 것이 있었는지, 쏟아내는 피의 양이 만만치가 않았다.

하지만 덕분에 정신은 번쩍 들었다.

'약속!'

약속을 했다.

어떻게 해서든 살아남아 만나기로.

이 용아창을 전해 주기로 약속하지 않았던가.

'심마(心魔)!'

이 또한 심마였다.

어떤 영역에서든 일단 손을 댄 이상 포기한 적이 없던 강비가 안주하고 포기해 버린 것.

심마라 표현할 수밖에 없었다.

'그래, 나는 아직 오르지 못했다.'

고통으로 범벅된 그의 눈동자 속에 한 줄기 광채가 어렸다.

무(武)라는 드넓은 초원, 높고도 높은 봉우리.

자신은 아직 걷는 중일 뿐이고, 오르는 중일 뿐이다.

몸이 나아 다시 붙는다고 하여 천랑군주를 이길 수 있을까?

결코 아니다.

적어도 죽기 전에 천랑군주 정도는 앞질러 줘야 이 생(生)의 불길을 꺼트릴 가치가 된다는 것이다.

'이렇게 죽을 순 없다. 나는 아직 멀었어.'

나아갈 길이 아직 한참이나 남았다.

자신이 선택한 영역에서 궁극의 경지를 보지도 못하고 죽는 것, 그것처럼 한스러운 일이 또 없을 것이다.

눈을 질끈 감고 용아창을 양 무릎 위에 놓은 강비.

휘몰아치는 기의 폭풍 속에서 그는 패왕기를 극한으로 끌어 올렸다.

* * *

"어떠하더냐?"

"무슨 말씀이신지……?"

"중원 말이다."

"아……."

"이군사(二軍師)에게 들었다. 보통 힘든 길이 아니었으리라. 중원의 대지는 넓고도 넓어 기인이사가 모래알처럼 많은 법이지."

"그렇습니다."

"이번 임무는 네 역량을 알아보는 데에 중점을 두었다. 결과적으로 보자면 넌 실패했지. 뿐만 아니라 신물(神物)까지 잃었다가 겨우 되찾아올 수 있었다. 네게 주어졌던 병력과 상황을 생각하자면 그러기도 쉽지 않았을 터."

"……."

"달리 말하자면, 그 모든 걸 초월할 정도로 대단한 자가 출현했다는 뜻이기도 하다. 어떠냐, 네 생각은?"

"…맞기도, 틀리기도 합니다."

"허허. 맞기도 틀리기도 하다? 어떤 면에서?"

"제 예상 이상의 놀라운 자가 나타났다는 것은 사실이지만, 그자로 인해 제가 맡은 임무 전부가 수포로 돌아간 것이 아니라는 뜻입니다."

"이군사의 말과 일치하는군. 하면 그 대단한 자가 나타나지 않았다면 너의 임무는 성공할 수 있었다는 뜻이렷다?"

"…그건 아닙니다."

"왜지?"

"그자가 대단한 것은 무력이나 잡다한 기술들이 뛰어난 것보다 경험에 있습니다. 언제 어떤 상황에서도 최선의 길을 찾아갈 수 있는 경험과 결단력이 그에게는 있었지요. 처음에는 인정하고 싶지 않았습니다. 하나 돌이켜 보니, 그것은 실로 놀라운 재주더군요. 그자가 있든 없든 경험이 충만하지 못했던 저는 실패했을 겁니다. 그걸 깨우쳤습니다."

중년인의 얼굴에 미약한 감탄이 일었다.

"그걸 깨달았다면 실로 대단한 성과라 할 수 있다. 임무란 성공할 때도, 실패할 때도 있는 법. 그러나 스스로를 성장시킬 수 있는 판은 만나기 쉽지 않지. 그런 자를 만난 것은 너의 복이다. 또한 인정하기 쉽지 않은 걸 받아들인 너도 보다 성숙해졌다고 할 수 있다. 경험의 중요성, 그것을 잊지 마라."

"명심하겠습니다."

"하여 두 번째 임무를 내리느니, 그러나 이번 임무는 네가 직접 선택할 수 있는 권한을 주겠다."

"권한이라뇨?"

"해도 좋고, 하기 싫다면 안 해도 된다는 뜻이다. 선택권을 네게 주겠다는 것이지."

"어떤……?"

"듣자하니, 네가 만난 그 대단한 사람은 하남 정주에 암천(暗天)이라는 이름을 건, 묘한 곳에 소속이 되어 있다더구나. 이것이 네 후계 수업의 마지막이라 생각한다. 그들을 포섭해 오거라. 그들 전부가 아니라도 좋다. 네가 만난 그 청년, 그를 데려오는 것. 그것이 이번 임무다. 이번 임무는 기한이 없다. 일 년이 걸리든 십 년이 걸리든 그것은 너 하기 나름이니라. 어떠냐, 해볼 테냐?"

민비화는 나직이 한숨을 쉬었다.

선택권을 준다지만, 그것은 받아들이지 않을 수 없는 임무이기도 했다.

마지막 후계 임무, 즉 후계자로서 인정을 받는 마지막 수행이라는 뜻과 일치했다.

'사부께서는 왜 이런 일을…….'

가져다 붙일 말은 많았다.

용인술(用人術) 또한 지도자가 갖추어야 할 덕목

중 하나다.

무력이 막강하고 지식이 뛰어나다 하여 지도자의 품격을 갖추었다 볼 수는 없다.

좌중을 아우르는 근엄함, 사람을 제대로 쓸 줄 아는 용인술, 사람을 대하는 대인술(對人術), 나아가는 추진력과 끊어내는 결단력을 제대로 구사하는 안목까지…….

그 모든 것을 거침없이 구사할 수 있는 자야말로 일류의 지도자라 할 수 있을 터.

한때는 적으로 대했던 자를 포섭하는 것.

사감(私憾)을 배제하고 큰 판을 보는 능력을 기르는 것이라 할 수 있었다.

민비화에게 내린 마지막 임무가 바로 그것이었다.

'강비라…….'

내심 답답함이 일었다.

그녀의 머리 한편에 거칠 것 없이 세상을 향해 포효하는 한 남자가 비쳐 들었다.

남자라 해서 더 독한 모습을 보이지 않고, 여인이라 하여 봐주는 것도 없었다.

나이가 많다곤 해도 하는 짓이 소인배와 다를 바 없

다면 한 점 존중을 하지 않을 것이고, 나이가 어리다 하여 도(道)에 벗어나면 거침없이 주먹을 휘두를 성정이다.

그녀가 본 강비는 그와 같았다.

하지만…….

'그런 것은 실로 어려운 일이지.'

머리로 아는 것과 그것을 실제로 구현해 내는 것은 완전히 다르다.

삶을 살아감에 있어 온전히 자신의 기준을 세운 자는 그래서 대단한 것이다.

무엇에도 흔들리지 않는 정심(貞心)이란 그와 같을지도 모를 일이었다.

막강하던 무공보다 그런 성정이 더 무서운 것이다.

'어떻게 포섭하나…….'

절로 한숨이 나왔다.

무력으로 누르기도 어려운 사람인데, 이게 무슨 일인가 싶다.

차라리 속 시원하게 대적과 맞서 싸우는 게 낫지, 이런 일은 실로 어려웠다.

"고민이 많으신 것 같습니다."

나직한 목소리가 민비화의 머리를 흔들었다.

그녀의 등 뒤에 나타난 한 사람.

아름다운 삼십 대 여인.

고아한 자태와 시들지 않은 미색이 출중하다.

완숙한 삼십 대의 미모를 발산하지만, 보이는 것보다 나이를 더 먹은 것이 분명함은 그녀의 부드럽고 안온한 분위기로 알 수 있었다.

민비화는 그녀를 보며 살짝 웃었다.

"고민을 한다고 문제가 풀리는 건 아닐 텐데, 그래도 안 할 수는 없네요."

법왕교(法王教)의 후계자에게 존대를 받을 수 있다는 것 하나만으로도 대단한 일이었다.

그러나 그녀는 충분히 그럴 만한 위치에 있었다.

여인의 몸으로 법왕교 최강 무력 부대의 장(長)이 되었다는 것만으로도 실로 범상치 않은 일.

법왕교의 원로원을 제한다면, 현역을 통틀어서 그녀의 무력은 열 손가락 안에 들어갈 정도로 막강했다.

신화단(神火團)의 단주(團主), 백단화(白緞華)가 바로 그녀였다.

백단화의 얼굴에도 미소가 어렸다.

"감정의 흐름을 자연스레 타는 것도 나쁘지 않은 법이죠. 애써 괜찮다고 넘기는 게 전부가 아니에요. 감정은 풀어내는 것이지, 숨기는 게 아니거든요."

몇 년 지나지 않으면 사십에 이를 나이라지만, 백단화의 말은 실로 묘한 현기를 품고 있었다.

받아들여 마땅할 내용이었다.

"차라리 화가 나면 분풀이라도 하겠는데, 이건 그럴 수도 없으니 짜증만 나네요."

"그럴 만하죠."

민비화는 강비의 얼굴을 떠올릴 때마다 답답함을 금할 길이 없었다.

방법이야 나중에 생각한다 해도 일단 만나야 할 것 아닌가.

한데 중원으로 다시 나온 뒤 얼마 지나지 않아 받은 정보는 기겁할 내용을 담고 있었다.

초혼방이 모종의 방파와 손을 잡고 만든 용곤문이 개파한다는 것.

그리고 음지의 정보통을 통해 받은 내용에 의하면, 암천루에서 두 명의 해결사가 그곳으로 파견되었다는 것이었다.

이것은 절반 이상에 해당하는 법왕교의 눈이 암천루라는 곳으로 향했기에 파낼 수 있던 정보였다.

한 자루 철봉을 든 이십 대 후반 정도의 남자와 비무장한 이십 대 초반의 남자.

민비화는 직감했다.

철봉을 든 자가 강비라고.

그때부터 민비화와 이번 임무 동안 그녀의 호위를 맡게 된 백단화는 강남 지방으로 빠르게 이동했다.

그 속도가 무시무시하여 용곤문에 사달이 나기 삼 일 전, 그녀들은 안휘성의 구화산(九華山)에 달할 수 있었다.

정보에 의하면 강소성에 인접했다 들었으나, 갑작스러운 사건 이후 방향이 틀어졌다는 소식이 뒤를 이었다.

갑작스러운 사건.

그것은 실로 경악할 만한 사실을 동반한 것이었으니…….

강비라 추측되는 한 무인이 비사림과 무신성의 견고한 철벽을 뚫고 달아났다는 내용이었다.

그 와중에 천랑군주는 몇 달 동안 정양해야 할 내상

을 입었고, 무신성에서 파견된 흑호령주와 소성주인 감호는 임무의 실패로 문책을 당했다고 들었다.

그야말로 엄청난 사건이었다.

비사림의 칠군주라면 지닌바 무력이 드높은 경지에 머물러 구대문파의 장문인들이라 할지라도 필승을 예상하기 힘든 고수들이라 하였다.

그런 고수 중 하나인 천랑군주에게 내상까지 입히다니, 그녀가 알고 있던 강비의 능력을 한참이나 초월해 있었다.

거기다 왜 강비가 그들에게 쫓기게 되었는지도 모르겠고, 강비가 어디로 사라졌는지조차 모르게 되었으니, 실로 난감하기 짝이 없었다.

'대강 짐작은 가지만…….'

또 다른 걱정이 한 겹 씌워졌다.

강비를 포섭하는 행위는 비사림과 무신성에 확실히 반(反)하는 행동이다.

그것은 사대마종이라는, 다소 불쾌한 이름으로 엮이게 된 그들의 사이가 찢어질 수 있다는 뜻이기도 했다.

하물며 포섭하러 온 사람이 후계라 할 수 있는 민비

화였으니, 그 상징성 때문이라도 사달이 터질 게 분명했다.

백단화 역시 그에 대해 생각하고 있던 듯 나직이 말을 이었다.

"소주(小主)의 이번 임무는 마지막인 만큼 많은 위험을 내포하고 있어요. 임무의 성패와 상관이 없는 위험이죠. 자칫 잘못하다간 비사림과 무신성은 물론, 초혼방까지도 마수(魔手)를 뻗칠 수 있죠. 하지만 그건 나중의 일. 교주님께서는 괜한 일로 소주를 움직이게 하실 분이 아닙니다. 또한 그분의 신중함은 익히 알고 계시겠지요. 이런 임무를 주신 이유가 단순히 소주의 역량을 보려는 것 하나만으로 해석하신다면 그건 문제가 있어요."

정신을 번뜩 들게 해주는 말이었다.

백단화의 말, 맞는 말이다.

교주이자 사부인 그분께서는 앉아서도 천 리를 보는 신인(神人)과 같으신 분이다.

범인의 눈으로 함부로 재단할 수 없는 사람인 것이다.

그런 사람에게 공부를 배워왔음에 달리 무엇을 걱

정할 텐가.

그저 행하고 따르면 그뿐.

민비화의 마음속에 드리워진 장막이 조금씩 걷히는 순간이었다.

"일단은 그를 찾아야겠지요."

"맞아요."

"상처를 많이 입었다고 들었어요. 하지만 그가 죽었다고는 생각하지 않아요. 언젠가는 또 만날 것 같은 사람이었는데……. 제 예감이 틀리진 않을 거예요."

백단화의 눈에 묘한 광채가 어렸다.

민비화는 예감이라 말했다.

흔하게 쓰는 단어지만, 또한 함부로 쓸 수 있는 단어 역시 아니었다.

특히나 법왕교의 사대비전(四大秘傳) 중 주신문법(呪神紋法)과 법신장체(法身將體)를 익힌 그녀였다.

그녀의 예지(叡智) 감각은 보통 수준이 아닌 바, 무인의 재능과 무녀(巫女)의 재능까지 겸한 천재이니, 기대해 볼 만했다.

스스로 예감이라는 말을 하면서도 그녀의 눈은 어느 순간 또 다른 세계로 몰입을 한 듯 다소 멍해졌다.

흑백은 또렷하지만 세상에 존재하지 않는 또 다른 공간을 바라보는 듯 대단히 묘한 빛깔을 번뜩이고 있었다.

“예감… 그래요, 예감이죠. 거기까지가 한계지만, 나와 이어진 그의 연사(緣絲)를 잡아 나가다 보면 그의 위치도 알 수 있겠지요.”

보이지 않지만, 또한 그녀에게만 보이는 인연의 실이 복잡하게 움직였다.

주신문법의 상단기력(上丹氣力)과 법신장체의 신안(神眼)을 동시에 발동하는 것.

언제 보아도 놀라운 능력이었다.

정보가 세세한 것도 있지만, 그간 보인 이러한 능력 덕택에 둘은 강비의 동선을 보다 정확하게 깨달을 수 있던 것이다.

아직 한참 어린 나이지만 이럴 때면 정말 감탄을 아니 할 수가 없다.

백단화는 진심으로 감탄했다.

지금 민비화가 선보이는 능력은 결코 그 나이 때에 행할 수 있는 것이 아니었다.

재능이 없다면 입문조차 못하는 주신문법과 법신장

체였다.

한 가지 비술(秘術)만 극한까지 익혀도 천외천(天外天)의 경지에 들어선다는 비전을 두 가지나 익혀낸 것도 경이로운 일일진대, 두 가지의 비전 능력을 동시에 풀어내 증폭시킨다.

어지간한 술법사들도 그녀의 상단 능력을 앞지르지 못할 것이다.

'이런 게 천재란 것일까?'

교주의 능력은 이미 천지가 허락하는 수준을 한참이나 넘어선 것이었다.

과연 그 제자의 재능 역시 스승의 그것을 상회하는 수준이니, 후계로 뽑힐 만하다는 생각이 들었다.

얼마의 시간이 지났을까.

민비화의 멍한 시선이 옅어지고 고개가 휙 돌아갔다.

거의 동시라고 할 수 있을 만큼 백단화의 시선도 동일한 방향을 향했다.

백단화는 그 막강한 무력을 바탕으로 한 기감(氣感)으로 느꼈고, 민비화는 상단, 신(神)을 부른 법공(法功)의 감각으로 느꼈다.

"이게……?!"

백단화의 눈에 숫제 경악 어린 감정이 터졌다.

얼마나 멀리 떨어져 있는지 모르겠다.

그럼에도 느껴지는 이 엄청난 기파.

이토록 먼 거리에서 느껴질 정도라면, 가까이에서는 숨조차 쉬지 못할 것이다.

절대적 능력을 가진 초고수라기보다 한 마리 괴물처럼 느껴지는 기도였다.

한 인간이 뿜어내는 기(氣)라고는 도무지 생각할 수 없을 정도로 무지막지했다.

민비화의 눈이 묘한 감정으로 떨려왔다.

"……강비."

*　　　*　　　*

퍼어억!

핏물이 터지고 육신이 갈린다.

사람의 육체가 이렇게까지 터져서 흩어질 수 있는 것인지 의문이 들 정도였다.

아예 박살이 난다.

괴인이 휘두르는 용의 어금니는 덤벼드는 모든 것을 박살 내고 있었다.

"커허억!"

타인의 피를 몸에 덧씌우고, 거기에 자신의 핏물까지 입힌다.

'한계…….'

아직까지 제정신을 유지하고 있다는 게 놀라웠다.

은빛 신창을 휘두르며 이곳까지 도주를 감행한 자, 강비였다.

그런 위급한 상황에서 강비는 오히려 허공에 대고 무공을 전개할 수밖에 없었다.

기를 다스린다?

말도 안 되는 일이다.

호천패왕기는 기공의 극치라 할 만하지만, 아직 강비의 깨달음이 극에 이르지 못하여 그만한 기를 통제하기란 지난한 일이었다.

설령 가능하다 하더라도 온전히 통제되기 전에 기의 증폭으로 몸이 먼저 터져 버릴 지경이었다.

회천포 수십 발로 일대를 초토화시킨 것이 반나절 전이었다.

그 낌새를 알아챈 것인지, 수십의 마인들이 강비를 덮쳤다.

애초에 약속을 지킬 생각이 없던 것인지, 아니면 단독 행동인지 알 수는 없다.

중요한 것은 적이 나타났다는 것이고, 마침 기를 방출해야 할 강비에게 있어 먹잇감이 들어선 것은 아주 나쁜 일이 아니었다.

그러나 그것은 미봉책에 불과했다.

수준의 차이가 심하여 반탄력으로 기혈이 손상되지는 않았지만, 거친 기의 분출로 그의 기혈은 거의 만신창이나 마찬가지였다.

그런 상태에서도 무공을 전개할 수 있는 스스로가 신기할 지경이었다.

벌써 몇 사발의 피를 토했는지 모르겠다.

내부는 엉망이고, 죽음의 그림자가 쫓아왔다.

이전에도 그랬지만, 지금은 더 심했다.

회복이 가능할지나 모르겠다.

'큰일 났군.'

육신의 고통은 극에 달했고, 사신(死神)의 낫은 시시각각 목을 향해 다가오고 있는 와중, 또 다른 마인이 전방에서 조여 들어왔다.
감각에 혼동이 온다.
앞인지 뒤인지 모르겠다.
무수한 경험이 아니었다면, 손이 먼저 창을 내뻗지 않았다면 죽어도 진즉 죽었을 것이다.
'여긴가?'
퍼어억!
아무렇지도 않게 내지른 용아창에 마인 한 명의 상반신이 그대로 터져 나갔다.
정제되지 않은 무공이었다.
그러나 그 파괴력만은 무시무시하여, 뒤에서 다가오는 마인의 팔 하나까지 날려 버렸다.
그만큼 휘두르는 창에 실린 경력이 엄청나다는 증거였다.
학살에 가까운 전진이었다.
'눈이… 가물가물하군.'
손이 움직이는지도, 다리가 움직이는지도 모르겠다.
감각에 이상이 찾아왔다.
억지로 눈을 치켜뜬 그가 앞을 바라보았다.
공포에 질린 마인의 얼굴이 보였다.

흉악한 눈동자에 극심한 공포심이 어렸다.

두려움은 광기와 맞닿아 있기라도 한 것인지 부나방처럼 달려들었다.

무서움이 극에 달해 도망가는 것이 아니라, 무서움의 근원을 쫓아내기 위한 몸부림에 지나지 않았다.

퍼억!

하나 더.

뻗어낸 일권(一拳)은 야왕신권의 살초였다.

덤벼든 마인의 목이 나선으로 꺾이더니, 이윽고 뽑혀 나갔다.

마인들의 마기가 실로 흉악했다면, 강비의 손속은 그보다 더 지독했다.

사람의 육신을 터트리고 목을 뽑아내며 나아가는, 미친 전진이었다.

스스로 무엇을 하는지조차도 정확하게 알지 못하는 괴물의 몸부림이었다.

'나는 지금 무엇을 하고 있는가.'

저 멀리서 사부님의 음성이 들리는 것 같았다.

— 무엇을 하는지도 모르는 자가 무(武)를 익혀 뭘

하겠나. 기껏해야 파락호질이나 해먹겠지. 아서라. 괜히 선한 사람들 괴롭히지나 말고 관짝에 못질이나 해두란 말이다.

거무죽죽하게 변해가는 강비의 얼굴.

사신의 날카로운 낫이 그의 목젖에 닿았다.

어떻게든 버티고 나아간 길.

그러나 여기까지인 모양이다.

몸부림을 쳐도 벗어날 수 없는, 습한 죽음 속 그림자였다.

정신력으로도 어찌할 수 없는 상태가 와버렸다.

실상, 지금까지 버틴 것만으로도 기적이나 다름이 없었다.

'사부님, 제자… 많이 노력했습니다.'

죽지 않기 위한 몸부림, 극한의 노력으로 여기까지 왔다.

하지만 이제는 알겠다.

더 이상은 불가능하다는 것을.

더 이상의 전진은 불가하다는 것을.

전쟁터에서 뛰쳐나와 암천루에 몸을 맡겼음에도 수

많은 죽음을 직접 내렸다.

죽인 사람의 수를 헤아릴 수조차 없다.

마귀라 불리어도 부족하지 않을 것이다.

마지막 광경이라는 심정으로 강비는 자신의 손을 바라보았다.

피에 젖은 손.

무인의 손보다 살생의 손에 가깝다.

사람 한 명, 한 명의 생(生) 모두가 소중한 것이거늘, 적이라는 이유로 끊어낸 무정한 손길인 것이다.

불현듯 후회가 일었다.

'죽이기만 하던 삶이구나. 소모시키기만 하던 삶이야.'

내 삶이 권태롭다 하여 남의 인생까지 폄하시킬 필요는 없었다.

살인에 익숙해진다?

말도 안 되는 소리였다.

익숙한 척은 할 수 있어도 사람이 사람을 죽이는 일에 익숙해진다니, 말도 안 되는 일이었다.

아무것도 아니라고 생각했다.

재미가 없었기 때문일지도 몰랐다.

그래서 살인도, 슬픔도, 기쁨도 의미가 없었다.

그런 와중에 찾아낸 무(武)의 길은 다시 그를 사람으로 되돌려 놓은 것인지.

안타깝다.

자신이 죽는 이 자리조차도 수많은 시체들이 주위를 장식하고 있었다.

진저리나게 싫지만, 또 어쩐지 어울린다는 생각이 들었다.

살인마의 최후치고는 제법 장엄하지 않은가.

지옥으로 향하는 길에 더없이 어울렸다.

강비의 눈이 천천히, 천천히 감겼다.

스스로 죽음을 받아들이기 시작한 강비.

정신력으로 버텨왔던 육체가 빠른 속도로 붕괴를 시작했다.

거칠게 일렁이던 기파가 더욱 기승을 부리며 사방으로 뻗쳐 나갔다.

그렇게 저승의 문턱으로 한 발을 내딛던 그때였다.

후우웅.

완전히 감기기 전, 강비는… 자신의 몸을 둘러싼 황금빛 광채를 볼 수 있었다.

자신의 몸에서 일어나지 않은, 누군가가 자신을 감싼 것만 같은 기의 파동이었다.

"고약한 놈이로군."

측량키 어려운, 부드러운 목소리.

내용은 질책이지만, 목소리에 담긴 온기가 참으로 정겨웠다.

강비의 눈이 감김과 동시에 그의 정신도 어느새 저 멀리로 사라져 버렸다.

* * *

태동하는 강호였다.

세상은 언제나 잔잔하지 않은 법.

겉으로 보기에 평화로울지라도 그 밑에서는 꿈틀거리는 그림자가 언제나 수면 위로 올라서길 기대하고 있다.

어지럽지 않던 때가 없고, 평화롭지 않은 때가 없던 세상이다.

그러나 그러한 중원 대지에서도 지진이라 할 만큼 대단한 격변이 일어나고 있었으니…….

마침내 모습을 드러낸 사대마종의 정체가 바로 그것이었다.

주원장이 곽자흥의 밑으로 들어서 종군(從軍)하매, 수년 후 대륙을 지배했던 원(元)나라를 몰아내고 새로이 나라를 세우니, 국호(國號)를 명(明)이라 하여 스스로 태조(太祖)가 된 지 오래.

태조 홍무제(洪武帝)가 죽고 건문제(建文帝)가 황위에 등극하였으나 홍무제의 아들 중 넷째인 연왕(燕王) 주체가 난을 일으키니, 이를 정난지변(靖難之變)이라 하여 황위를 찬탈하기에 이른다.

이로써 대명제국의 삼 대 황제가 된 영락제(永樂帝)는 영토를 넓히고 북경 천도, 수도를 이전하였으며, 남북의 운하까지 개수하는 등 수많은 업적을 시행한다.

한편으로는 북방 이민족, 몽고와의 또 다른 전쟁을 위하여 만리장성을 보수하기에 이르니, 영락치세(永樂治世)라…….

천하는 격동의 와중에도 점차 안정을 되찾아가는 듯했다.

그러나 무리한 진행으로 산동은 물론 섬서, 하남 등

에 많은 백성들이 초근목피(草根木皮)로 연명하거나 돈이 없어 처자식을 파는 등 천하의 또 다른 이면에는 암흑이 드리워져 있는 시기이기도 했다.

그런 와중에 별세계의 무인들 세상에서도 엄청난 사건이 터지기 시작하니, 그야말로 난세라 아니 말할 수 없었다.

몽고가 대륙을 지배했던 시절, 그 머나먼 시절에 모습을 드러낸 사대마종이 다시 힘을 길러 중원을 목표로 돌격을 감행했다.

전설처럼 내려오던 그들의 재림에 강호의 전 무림인들은 대단한 충격을 받았다.

심지어 몇몇 지역에서는 이미 그들과 결탁하여 기존의 체제를 무너트린 무인들도 상당수 존재했다.

갑작스레 터진 난세의 소용돌이는 나타나자마자 빠른 속도로 천하를 난장으로 만들어가고 있었다.

그리고 마침내 크나큰 사건이 터지니…….

천하 무림 문파들 중에서도 가장 빠르고 실전적인 검술을 구사하는 문파, 구대문파의 하나를 차지하는 점창파(點蒼派)가 무너졌다.

점창파에 도전을 청한 곳은 다름 아닌 초혼방.

문파의 현액이 터지고, 수많은 제자들이 목숨을 잃었다.

점창파의 장문인인 광검자(光劍者)는 초혼방 최고위 술사와의 승부에서 이기지 못하고 한 맺힌 죽임을 당했다.

들불처럼 일어나 단번에 휩쓸어 버린 전화의 불길이었다.

전쟁은 전쟁이되, 명분이 있는 겨룸이기에 그 누구도 점창파의 복수를 대외적으로 외치지 못했다.

이유인즉, 초혼방에서는 점창파와의 결전을 문서로 작성하여 직접 전달하였고, 점창파는 이를 받아들였기 때문이다.

싹틔워 오르는 또 다른 전쟁.

이번에 무너진 곳은 금강문(金剛門)이다.

소림 속가 출신의 출중한 제자가 세운, 역사 깊은 무문으로, 구대문파 정도의 대문파라 할 수는 없지만, 또한 구대문파를 제외하고는 언제나 천하에서 수위를 다투던 문파 중 하나였다.

금강문을 무너트린 곳은 다름 아닌 무신성.

이 또한 점창파와 같이 정당한 문파 대 문파의 결전

이었기에 누구도 복수를 외치지 못했다.

그러나 사태의 심각성은 모두가 알았다.

각개격파에 다름이 아니었다.

이미 사대마종의 힘은 중원에 어떤 문파도 단독으로 막아낼 수 없는 수준에 이르러 이처럼 하나씩 무너진다면 후에 남는 것은 돌이킬 수 없는 멸망일 뿐이었다.

마침내 점창파를 제외한 나머지 여덟 문파는 손을 잡아 하나의 거대한 연맹체를 이루게 되니, 무림의 연맹(聯盟)이라 세인들은 그곳을 무림맹(武林盟)이라 하였고, 문파의 수좌들은 연맹의 이름을 천의맹(天意盟)이라 하였다.

대외적으로는 어지러운 민심을 돌보기 위한 합심이라 하였지만, 누구나 그 목적을 알 수 있는 연합이었다.

바야흐로 중원무림과 사대마종과의 진정한 결전이 시작된 것이다.

*　　　*　　　*

"큭!"

복면인은 등이 쪼개질 것만 같은 위기감을 이겨내고 재빠르게 물러섰다.

공간이 제약된 것도 문제지만, 진짜 문제는 무력의 열세였다.

상대하는 무인의 역량이 너무나도 뛰어나서 도무지 이 상황을 타파할 수 있을 것 같지가 않았다.

상대의 모습은 보이지 않았다.

완전한 어둠에 가려져 보이는 것이라고는 두 발과 발까지 내려선 한 자루 검뿐이었다.

검첨(劍尖)으로 모이는 핏줄기.

천천히 타 내려가는 모습이 스산하기 짝이 없었다.

그 피가 자신의 피라는 게 실감이 가질 않았다.

"제법 하는군."

상대의 목소리는 묘했다.

보이지 않는 어둠에 가려진 건 겉모습만이 아닌 모양이었다.

상대 남자의 목소리 역시 지독하게 모호했다.

낮고 둔탁한데, 어떠한 성정을 지녔는지 파악해 낼 수가 없었다.

'도대체 누구냐!'

속으로나마 외쳐 보지만, 당장 알아낼 수 없다는 걸 누구보다도 잘 알고 있는 복면인이었다.

그나마 파악해 낼 수 있는 건 상대방의 무공 정도였다.

'암검(暗劍)이다, 그것도 극상승의!'

어둠 속에서 노려오는 검.

살수의 검이었다.

그러나 살수의 검이라고 하기에는 검에 담긴 무리(武理)가 너무나도 심오하고 현현했다.

한 번 휘둘러질 때는 검기가 이는 것인지, 심지어 검이 움직이는지조차 모를 정도로 흐름이 없었다.

한데도 지나고 나면 언제나 상처를 입는다.

각고의 경험이 없었다면 이미 목이 날아갔을 것이다.

"긴말은 않겠다. 금역문서(禁歷文書). 이만 내놔라."

복면인의 눈에 파랑이 일었다.

금역문서를 훔친 걸 상대는 알고 있었다.

그렇다는 건 이미 자신의 정체, 아니, 자신이 속한

곳의 정체 정도는 알고 있다는 뜻이리라.

더하여 비사의 숲에서도 은신(隱身)으로는 최고라는 자신을 손쉽게 파악해 낼 정도의 안목과 능력이 뛰어나다는 증거였다.

그의 눈이 사방을 훑었다.

빠져나갈 곳, 없다.

있기야 하지만, 눈앞에 있는 이 검귀의 영역을 벗어날 자신이 없었다.

보이지 않는 상대는 이곳 전체를 자신의 검권(劍圈)하에 두고 있었다.

함부로 움직이다가는 어디 한 군데가 잘리는 걸로 끝나지 않을 것이다.

피식 웃는 소리가 났다.

아마도 상대 남자가 웃은 것일 게다.

복면인의 등허리가 땀으로 젖었다.

"곱게 죽고 싶다면 넘겨. 억지로 뺏는 순간, 넌 지옥이야. 죽어도 아프게 죽고 싶진 않잖아?"

경박스러운 말투에 무서운 내용을 품고 있다.

복면인은 확신할 수 있었다.

상대는 진심이다.

장난처럼 말하고 있지만, 품 안에 든 금역문서를 포기한다면 깔끔한 죽음을 내려줄 것이요, 억지로 싸운다면 뺏어낸 뒤 갖은 고문을 다 한 뒤에 죽일 것이다.

사내의 말은 상대로 하여금 믿게 만드는 묘한 능력이 있었다.

'제기랄.'

고통 어린 죽음이야 대수로울 것이 없었다.

어차피 남는 게 죽음이라면 아무렴 어떤가.

다만, 이 금역문서를 림으로 넘기지 못하는 것이 한스러울 뿐이었다.

이 문서를 빼돌리기 위해서 십 년의 생을 바쳤는데…….

그것이 단 한순간에 무너질 줄이야.

"머리 굴리는 소리가 여기까지 들리는군. 이쪽도 시간이 없어서 말이지. 대답이 없다면 그냥 뺏겠다."

쉬이익!

말이 끝남과 동시에 복면인은 검을 뽑었다.

선제공격이었다.

어차피 이리된 것, 후회 없이 가진 무공이나 펼쳐내보자는 심정이었다.

하지만 둘 사이의 차이는 높고도 높아, 자포자기 심정으로 뻗어낸 한 줄기 검기(劍技)로는 도저히 메울 수가 없었다.

쩌어어엉!

"커헉!"

복면이 피에 젖었다.

검과 검의 마주침.

그 한 수로 내상까지 입은 것이다.

상대의 압도적인 검격(劍擊)은 지금껏 느껴보지 못한 강인함이 가득했다.

화아악!

소름 끼치는 살기.

더 이상 암검을 뻗어낼 생각조차 없다는 듯 본신의 기파를 개방하는데, 그야말로 충격적이었다.

이 좁은 공간 전체를 날려 버리겠다는 듯 패도적인 힘이 사방을 에워쌌다.

'엄청난 강자!'

이전과는 완전히 다른 면모였다.

이 정도로 막강한 기운을 언제 느껴보았을까.

기억조차 가물가물했다.

비사림의 간부 정도 되는 분들이면 가능했을까?
숨을 쉴 수도 없는 압력이 몸 전체를 압박했다.
쉬이이익!
콰아앙!
무지막지한 검력을 뻗어내 공간 한곳을 함몰시켜 버린다.
어떻게 피했는지 기억조차 나질 않는다.
신법을 전개할 틈도 없이 바닥을 굴렀다.
패도검공의 극치였다.
조용히 뻗어낼 때는 무척이나 스산한 검을 뻗더니, 마음먹고 내친 검력은 산이라도 허물 것 같았다.
그러나 복면인은 대단하다고 감탄할 만한 여력이 없었다.
'틈!'
천운이었다.
파도와도 같은 검력이 휩쓴 한곳으로 구멍이 뻥 뚫려 있었다.
마침 뒤쪽.
몸만 날리면 가능했다.
파아악!

거의 본능에 가깝도록 몸을 튕겼다.

맹세컨대, 태어난 이후로 이처럼 폭발적으로 신법을 전개한 적이 없었다.

생명이 달린 도주였다.

쇄애액!

저 뒤에서 쇄도하는 한 줄기 검경.

순간, 초승달처럼 휘어진 뭔가가 그의 허리춤을 스치고 지나갔다.

보이지 않는 검의 경력이었다.

등줄기를 훑는 듯한 고통이 두 발에 족쇄를 채우지만, 그의 속도는 줄어들지 않았다.

오히려 잘되었다는 듯 탄력을 받아 더욱 빠르게 나아갔다.

'살았다!'

실로 극적인 순간이었다.

상대가 무자비한 검공을 펼치지 않았다면, 도주는 커녕 어육으로 변해 생을 마감했을 터.

이처럼 통쾌한 순간은 또 없으리라.

그러나 그는 모르고 있었다.

구멍이 뚫린 건물에 나온 암검의 남자가 가느다란

미소를 지으며 그의 뒷모습을 바라보고 있다는 걸.

"놓쳤군."

너무나도 담담한 한마디였다.

아쉬움과 분노라고는 손톱만큼도 찾아볼 수 없었다.

"뒷일은 알아서 맡기지, 영감."

어둠 속의 그림자에서 천천히 나타나는 한 남자의 얼굴.

불혹(不惑)에 가까운 장년인이었다.

선비처럼 호리호리한 체구지만, 키는 육 척에 이를 정도로 컸다.

한 자루 검을 비껴 든 자세가 그처럼 잘 어울릴 수 없었다.

지닌바 무공이 실로 대단해서 강호에 이름이 알려질 수밖에 없을 듯하지만, 그를 실제로 아는 사람은 극소수에 불과했다.

세상은 그를 모르지만, 그를 아는 사람은 남자를 이운(李雲)이라 불렀다.

이운.

암천루에서 무력 해결을 담당하는 다섯 무인 중 한 명.

어둠 속에서 그는 세상 좋게 웃고만 있었다.

"헉, 헉……."

얼마나 달렸을까.

거의 두 시진에 가까운 경공이었다.

입에서는 단내가 나고, 허파는 찌그러지고 찌그러져 한 줌의 공기도 넣을 수 없을 것 같았다.

단전에는 쌀 한 톨만 한 기운만이 남아 미약하게 여기저기를 두드려 댔다.

도무지 못해 먹을 짓이지만, 그는 결코 다리를 멈추지 않았다.

"수고했다."

집채만 한 바위가 떡하니 길을 막고 있는 그곳에서…….

달빛조차 들어오지 못한 어둠을 안고 한 남자가 복면인을 반겼다.

복면인의 눈에 안도의 기색이 어렸다.

"밀호(密虎)가 마호군주(魔虎君主)를 뵙습니다!"

마호군주라 불리는 자.

초로에 이른 나이에도 대단한 몸집을 가진 남자였다.

육 척을 넘어 거의 칠 척에 다다른 거구는 세상을 굽어보고 있었으며, 꿈틀거리는 전신의 근육이 무척이나 강인해 보였다.

"금역문서는?"

"탈취에 성공했습니다."

마호군주의 입가에 흡족한 미소가 어렸다.

"십 년 동안 수고가 많았다. 그 노고를 잊지 않으리라."

"감사합니다!"

비사림의 칠군주라 하면 간부 중에서도 최고위 간부에 다름이 아니었다.

지닌 무력이 천하에 통한다고 알려진 무적의 괴물들.

그중 하나인 마호군주의 칭찬은 십 년의 모진 세월 동안 쌓아둔 모든 피로를 한 번에 날려주고 있었다.

그때였다.

마호군주의 눈썹이 살짝 일그러졌다.

"한데… 이 어찌 된 일인고?"

"예?"

"…그렇군. 다 알고도 보냈다? 상대도 보통내기는

아니야."

"무슨 말씀이신지……."

"꼬리를 달고 왔구나."

복면인의 눈이 커졌다.

휘이이잉!

한 줄기 거센 돌풍을 동반하며 나타난, 한 노인.

신선과도 같은 외양이었다.

한 손에는 곰방대를 쥐고, 다른 한 손은 뒷짐을 지었는데, 그 모습이 묘하게 불량하면서도 어울렸다.

첫인상이라 한다면 마호군주 못지않게 독특하기 짝이 없었다.

"오밤중에 이게 무슨 짓인지, 내 신세도 기구하기 짝이 없구먼."

숫제 앓는 소리를 내지만, 두 눈은 정확하게 마호군주를 향하고 있었다.

마호군주의 호안(虎眼) 역시 강렬하게 빛나며 노인을 마주했다.

"대단하군."

나직한 감탄의 목소리.

마호군주는 상대에게서 느껴지는 허허로운 기운에

감탄을 아니 할 수가 없었다.

정확하게 측정되지가 않는 무력이었다.

그 말인즉, 자신과 별 차이가 나지 않을 만큼의 기량을 보유했거나 그 이상이라는 뜻이다.

"이름을 여쭈어도 되겠소?"

"이름? 어차피 박 터지게 싸울 상대한테 뭣하러 알려줘?"

"싸울 상대에 대한 최소한의 예의 아니겠소?"

"예의를 아는 놈이 세작이나 심어두나? 그 음흉한 속으로 개소리는 그만하지. 하기야 네 곳 중에서도 비사림은 쓰레기 중에 쓰레기들만 모인 곳이라 듣기야 했지."

느닷없는 모욕이었다.

나름 산전수전 다 겪어온 마호군주의 안색이 굳어졌다.

그냥 듣고 넘기기에는 지나치게 신랄한 말투였다.

"늙어서 주둥이질만 늘은 모양이군."

"내 자랑거리 중 하나지."

"어디, 얼마나 물렁한지 볼까?"

"네 주먹보다는 단단할 게다."

우두둑.

천천히 말아 쥐는 주먹에서 살벌한 소리가 울렸다.

그는 한 손을 복면인에게로 뻗었다.

"금역문서를 이리 내라."

"예? 아, 예."

천천히 받아 드는 비단 주머니.

한 권의 책이 들어가기에 딱 좋은 크기였다.

주머니를 품에 넣은 마호군주가 복면인을 향해 손바닥을 뻗었다.

"수고 많았다. 편히 쉬어라."

퍼어억!

복면인의 머리가 흔적도 없이 사라졌다.

뒤편으로 쫙 퍼지는 핏물은 어둠에 가려져 비릿한 냄새만을 풍겼다.

단 한 번의 장력으로 머리통을 날려 버린 것이다.

노인의 눈썹이 꿈틀거렸다.

"같은 편 아니었나?"

"비밀은 아는 사람이 적을수록 좋겠지."

"누가 마인 아니랄까 봐 하는 짓도 추잡스럽구먼.

냅다 살인멸구(殺人滅口)다, 이거냐?"

"당신 말대로 난 마인이라."

스스로 인정하니 딱히 할 말은 없었다.

노인의 눈이 머리통을 잃은 사내에게로 향했다.

십 년 동안이나 세작질을 했다고 들었다.

십 년의 세월, 마침내 보상을 받을 순간에 목숨을 잃었다.

어차피 적이니 큰 감흥은 없지만, 마호군주를 용서 못할 하나의 이유가 더 늘어버린 것 같았다.

"밤도 깊은데… 어디, 찐하게 어울려 보실까?"

농담 같지 않은 농담을 꺼내며 곰방대를 품 안에 넣는다.

이전의 불량기는 어디로 갔는지 빛나는 두 눈에서는 천하를 굽어보는 위엄이 가득했다.

노인, 서문종신의 전력이었다.

숲 전체에 흐르는 기를 통제하고 영역하에 두었다.

조용하게 풀어 나가는 막강한 무력 앞에서 마호군주의 이마에 식은땀이 흘렀다.

'엄청난 강자. 어디서 이런 자가?!'

칠군주들 사이에 서열은 없다지만, 그중에서도 가

장 강한 한 사람이 떠올랐다.

비사림주를 제외하고는 비사림 최강을 논한다는 단 한 명의 검객.

'혈검군주(血劍君主)에 필적한다!'

전무후무한 대적을 맞이한 순간이다.

마호군주의 양 주먹이 화탄처럼 쏘아지고, 서문종신의 손이 벼락처럼 내리찍었다.

이름 없는 숲에서 벌어지는 초고수들의 생사결이었다.

누가 이겨도 이상하지 않을 싸움 속, 엄청난 기의 충돌로 생성된 굉음이 천지를 뒤흔들었다.

*　*　*

"도무지 못해먹을 짓이야."

당선하가 머리를 긁적였다.

그녀의 앞에 떠도는 건 수많은 지도였다.

대륙 전역에 걸친 방대한 양의 지도는 무척이나 정교했다.

천하에서도 손에 꼽힐 만한 재인(才人)이 만든 듯

실제 거리에서도 오차가 거의 없어 보였다.

"어떻게 되어가나?"

당선하에게 말을 던진 사람은 비쩍 마른 사십 대 남성이었다.

봉두난발(蓬頭亂髮)에 수염은 언제 깎았는지 사방으로 뻗어 있다.

땟물까지 흘렀다면 저잣거리에 돌아다니는 거지라 생각해도 무방할 정도였다.

암천루, 당선하와 함께 머리를 담당하는 장소찬(張小燦)이었다.

당선하가 루의 살림까지 담당한다면, 장소찬은 오로지 작전의 전술과 상황만을 담당하는 일종의 군사 역을 담당했다.

물론 위치로 볼 때, 당선하가 그의 상관이었다.

그러나 둘의 관계는 결코 윗사람과 아랫사람이라 생각하기 힘들었다.

"뭘 어떻게 돼가요? 힘들어 죽겠는데."

"얼마나 추렸냐고."

"이번 금역문서 건까지 아홉요."

"그놈들 참, 여기저기 잘도 쑤셔 댔군."

"세작 심는 것도 능력인데, 이 정도면 보통 대단한 놈들이 아니에요."

"사대마종이래. 대마종이라잖냐. 진짜로 그런지는 모르겠지만, 그 능력만큼은 분명 대단하겠지."

"그러게요."

"아홉 중에서 어디가 제일 많더냐?"

"비사림요. 아주 작정을 했던데요? 여섯 군데에서 찾았는데, 세작들 능력이 초일류에 가까워요. 들어온 시기도 다른 곳에 비할 바가 못 되네요. 기본 십 년에서 이십 년 사이니, 말 다한 거 아니겠어요?"

"오죽하겠어? 평생 사람 어떻게 죽일까 궁리하는 마귀들이 수십 년 전에 대대적으로 개박살이 난 거잖아. 정보의 중요성을 깨달아 버린 거지. 상대하기 몇 배나 까다로워진 걸 보면 이놈들도 보통 신중해진 게 아니야."

"서문 노인은요?"

"쉬고 계시다."

"많이 안 좋으시대요?"

"제법 손해를 본 것 같으시다. 칠군주 중 하나였잖냐. 아무리 어르신께서 대단하다 해도 그만한 고수들과의 싸움은 힘들지. 그래도 마호군주 팔 하나 잘라냈으니, 다행이라면 다행이랄까."

"완전히 박살 낼 줄 알았는데."

"방수가 있었대."

"방수가 있었다고요? 처음 듣는데?"

"칠군주 중 다른 한 명이 왔다더군. 전륜군주(轉輪君主)라고 들었는데, 어쩔 수 없이 물러나야 했다네. 아무리 서문 어르신이라도 칠군주 둘은 힘들지."

"그렇겠죠."

당선하의 아미가 살짝 일그러졌다.

"휴, 왜 우리가 이런 싸움에 끼어들어서는……."

"그런 말 마라. 루주도 오죽 고심을 했겠냐? 심정 같아서는 안 받고 싶었겠지, 그이도."

"그러니까 문제예요. 억지로 끌려 다니고 있는 것 같잖아요. 왠지 장기판의 말이 된 것 같다고요."

"인정하지. 쓸 만한 수하를 뒀다고 생각할 거다, 의뢰한 쪽에서는."

"확 다 엎어버릴까 보다."

"당연히 안 그럴 거 알지만, 혹시라도 그런 생각 가지지는 마라. 저쪽은 거물이야. 깨물어서 패를 낼 수는 있어도 박살 나는 건 우리라고."

"서문 노인 파견하면 되죠."

"서문 노인은 몸이 열 개라도 되는 줄 아냐? 아무리 서문 노인이라도 한 번에 덤벼들면 힘들어."

당선하가 한숨을 쉬었다.

그저 답답해서 한 소리에 불과하지만, 정말 마음 같아서는 죄다 엎어버리고 싶은 심정이었다.

장기판의 말이 된 심정.

당해보지 않은 사람은 그 더러운 기분을 모른다.

"다음은 어디래요?"

"비선에서 연락이 왔는데, 하북 등가장(登家莊)이래."

"미친놈들. 하북까지 뻗었군."

"황제가 별로 안 무서운가 보지, 뭐."

"어쨌든, 이곳에는 유소화 파견할게요. 전달해요."

"알았다. 근데 혼자 되겠어?"

"그 여자가 얼마나 독한데 누굴 딸려 보내요? 작전 망하지나 않으면 다행이죠."

"그래도 하북이라면… 보통 세작이 아닐 텐데."

"하일상한테 그쪽으로 몰래 잠입하라고 해뒀어요.

그 인간들이 미치지 않은 이상 설마 싸울 일은 없겠죠."

"하하, 알았다. 전하러 가지."

자리를 비운 장소찬.

당선하가 나직이 한숨을 쉬며 의자에 등을 기댔다.

극심한 피로에 눈덩이가 다 아팠다.

"이러다가 죽지, 죽어."

쓸 사람도 쓸 사람이지만, 워낙에 처리할 것들이 많았다.

사대마종이라 불리는 이들이 강호에 다시 모습을 드러내면서 이전보다 업무량이 세 배나 늘었다.

온갖 의뢰가 폭포수처럼 밀려들고 있었다.

'사람이 부족해.'

그녀의 흐릿한 눈에 누군가가 비쳐 들었다.

권태 가득한 눈동자, 아무렇게나 기대 누워서 술병을 잡고 발을 까딱이는 모습이 선했다.

"죽은 건 아니겠지, 당신?"

*　　　*　　　*

"정신이 드는고?"

아득한 목소리에 두 눈이 뜨였다.

흐릿한 시야.

제대로 사물이 포착되질 않는다.

몇 번 눈을 끔뻑인 후에야 햇살로 물든 천장이 보였다.

"여기가……."

말을 하다가 그는 눈썹을 일그러트렸다.

입술이 쩍쩍 갈라져서 피가 배어 나왔다.

제대로 된 수분조차 섭취하지 못한 모양이었다.

온몸에 힘이 들어가질 않았고, 목소리도 내 것 같지가 않았다.

"몸에 힘이 들어가질 않을 것이야. 당분간은 거동도 불편하겠지. 그래도 원체 심신이 강건했으니, 자리를 털고 일어나는 것도 순간일 걸세."

사람 마음을 편안하게 해주는 늙수레한 목소리였다.

부드럽고 안온했다.

그러나 강비는 알고 있었다.

쓰러지기 직전, 그에게 다가선 목소리의 주인공이 아니라는 것을.

그 사람의 목소리에서는 한없는 현기와 자비가 가득했다면, 지금 들리는 목소리에서는 어딘지 모르게 선한 약향(藥香)이 흘렀다.

비슷하면서도 완전히 다른 느낌이었다.

"구명지은(求命之恩), 감사드립니다."

"허허, 밑도 끝도 없이 감사라……. 자네 성격을 알겠군. 의원으로서 환자 몸 고치는 것이야 당연한 일이니 너무 마음 쓰지는 말게나. 또한 자네를 이리 데려온 것은 내가 아니니, 인사를 드릴 분은 따로 있네. 인사는 그분께 드리는 것이 옳아."

짐작대로였다.

쓰러질 때 들은 목소리와 지금 이 노인의 목소리는 결코 동일인의 그것이 아니었다.

"그래도……."

어떻게 해서든 몸을 일으키려는 강비였다.

부들부들 떨리는 몸은 도무지 자신의 육신 같지가 않았다.

또한 움직일 때마다 단전과 몸의 내부 곳곳이 바늘을 찌르는 것처럼 아팠다.

끔찍할 정도로.

그러나 기어코 몸을 세웠다.

노인은 강비가 하는 양을 지켜만 보고 있었다.

함부로 몸을 움직일 때가 아님에도 그는 강비를 말리지 않았다.

환자의 몸보다 그의 마음을 먼저 아는 것이다.

강비는 무조건 인사를 올리고 싶어 했고, 노인은 그것을 막을 생각이 없었다.

그로 인해 환자의 마음이 조금이라도 가벼워진다면, 육신을 고치는 데에 쓸 약보다 훨씬 좋은 치료가 되리라 굳게 믿고 있었다.

침상 위, 덜덜 떨리는 몸을 접고 접어서 기어이 절을 올리는 강비였다.

그 시간이 거의 일각에 달했다.

굳어서 접히지 않는 육신을 접는 데 쓴 시간이었다.

물론, 그만한 고통과 싸운 시간이기도 했다.

땀에 흠뻑 젖은 강비의 얼굴이 편안함으로 물들었다.

노인이 빙그레 웃었다.

"이제 마음이 편한가?"

"……."

"이유야 어쨌든 대단하구먼. 손가락 하나 까딱하는 데에도 지독한 고통이 느껴질 터인데."

"고통 따위, 대수로울 것이 못 됩니다."

"못난 소리. 고통은 그저 일어나는 것이 아닐세. 육신이 보내는 경고야. 경고를 무시하면 돌아오는 것은 언제나 파멸뿐이지. 항상 참는 것만이 능사가 아니라는 걸 알아두게나. 자연스러운 것을 유지하는 것은 굳이 문무(文武)에만 속한 도가 아닌 법이야."

"……."

약향이 흐른다.

의원으로서의 조언이다.

조언은 조언이되, 또한 그 속에 들어선 것은 인간으로서의 도(道)였다.

신선처럼 허허롭지 않지만, 사람다운 냄새가 가득했다.

무수한 사람을 죽여가며 온몸에 혈향을 묻히고 다닌 자신과는 너무나 달라 보였다.

어딘지 모르게, 몸 곳곳에 묻은 비릿한 피비린내가 씻겨지는 기분이었다.

생소하지만 나쁘지 않은 기분이었다.

"일단은 쉬는 게 좋겠지. 두 시진 뒤에 다시 오겠네. 다시 자는 게 좋겠지만, 자네 성격상 그러기도 힘들겠지. 이따 보세나."

어찌나 사람 마음을 그리 잘 아는지 모르겠다.

확실히 노인의 통찰력은 남다른 데가 있는 모양이었다.

노인이 문밖을 나선 후에야 강비는 주변을 정확하게 인지할 수 있었다.

조촐한 모옥이었다.

작지만 깔끔하다는 인상이 들었다.

벽 곳곳에 말린 약재들이 동아줄로 매여 있고, 정갈하게 다듬어진 약재들은 따로 탁자 위에 가지런히 모아두었다.

노인의 성격을 대변해 주는 것 같았다.

그리고 모옥의 한편에…….

은빛으로 출중하게 뻗어 나간 창대가 보였다.

수백 마리의 작은 교룡들이 양각된 창대, 그리고 정상에서 환하게 빛나는 강인한 창날까지.

'용아창!'

아무렇게나 기대져 있다.

누군지 모르겠지만, 자신을 챙기면서 저 신병이기까지 챙겨준 모양이었다.

놀라운 일이었다.

물론 다 죽어가는 자신을 옮겨줄 정도라면 선한 사람이리라 생각했으나, 저만한 신물까지 턱 놓고 갔다니, 대단한 일이었다.

창살을 통해 들어오는 햇빛이 따사롭다.

아직까지 찬바람은 불어도, 이곳은 묘하게 따뜻했다.

강비는 침상에 몸을 뉘고 천천히 내부를 살폈다.

절로 눈살이 찌푸려졌다.

'엉망이군.'

그의 내부는 거의 초토화가 되어 있었다.

이제껏 이 정도로 깊은 내상을 입어본 적이 없었다.

온몸의 기혈이 뒤엉켜 있고, 단전은 메말라서 쩍쩍 갈라졌다.

의술로 몸이 낫는다 한들 이전의 기량을 되찾을 수 있을까 의문이 들 정도로 황폐했다.

완전히 박살이 났다 해도 과언이 아니었다.

'그래도…….'

그래도 이 정도면…….

목숨을 부지한 것만으로도 감사할 일이었다.

이 정도 상처는 실상 대수로울 것이 못 되었다.

온몸에서 날뛰던 기를 생각하자면 백번 죽었어도 할 말이 없었다.

이나마도 다행 중에 다행, 천만다행이었다.

내부 하나하나를 살펴보던 강비.

얼마나 지났을까.

거의 반 시진에 달할 정도로 내부만 관조했던 그의 눈이 번쩍 뜨였다.

'이건!'

한 줄기 청량한 뭔가가 그의 가슴에서 돌고 돈다.

색깔로 치자면 푸르고도 푸른색이랄까?

잔존하는 기운의 흐름이 너무나도 평화로워 그냥 지나칠 뻔했다.

극히 미미하지만 극도로 응축된, 이전의 기(氣)가 분명했다.

살아남았다는 것은 지닌 모든 기를 방출했다는 반증이기도 할 터.

그럼에도 중단전에는 한 줄기 기운이 남아 있었다.

양으로 치자면 쌀알 정도 크기에 불과하지만, 여전히 순도 높은 기였다.

'사부님…….'

스승께서 건네주신 기.

제자가 불민해 잘못된 용도로 사용해 버렸지만, 끝까지 남아 지켜주셨던 것일까?

강비의 눈에 물기가 어렸다.

몸이 피폐하니 마음도 여려진 것일까?

사부의 크나큰 은혜를 생각하니 눈물이 안 날 수가 없었다.

다 죽어가는 와중에도 기어이 남아 제자의 몸을 꽉 붙들어주셨다.

천하에 다시없을 은혜였다.

이 정도 기라면…….

비록 크기는 작을지라도 이 정도로 순도가 높은 기라면…….

당장 치료는 모를지라도 이전의 기량을 찾을 만한 반석으로 충분하고도 남았다.

하늘에서도 못난 제자를 바라보고 계셨던 걸까?

— 네놈 때문에 내 죽어서도 이게 뭔 고생이냐? 앞으로는 조심 좀 하고 살아, 이놈아!

머리 한편으로 스승의 목소리가 들린 듯했다.

강비의 눈이 감겼다.

스승께서 물려주신 선물, 결코 헛되이 써서는 안 될 것이다.

다짐하고 또 다짐하는 강비였다.

정신을 차린 지 족히 열흘이 지났다고 하였다.

누군가가 이곳까지 데려왔으니 족히 열흘하고도 사흘은 지나서 깨어났다는 뜻이었다.

그때까지 죽은 듯 지냈다니, 실로 아찔한 일이었다.

노인이 주는 약을 먹고 정교한 침술로 몸을 재정비한 강비였다.

당연히 그 정도로 몸이 완쾌되진 않았지만, 확실히 처음보다 좋아진 느낌이었다.

어느 정도 움직여도 고통이 느껴지지 않을 정도라면 큰 발전이라 할 수 있었다.

따뜻한 양광(陽光)이 내리쬐던 어느 날.

그가 찾아온 것은 호천패왕신공의 구결을 암송하며 내부를 다져 가고 있을 때였다.

"노인장께서는……?"

"자네를 여기로 옮겨준 사람이지."

충격적이었다.

모습을 드러낸 사람은 나이를 짐작할 수 없을 정도로 늙은 승려였다.

다 해진 가사를 걸쳤는데, 신발 없는 맨발이었다.

한 손에는 석장(錫杖)을 쥐었고, 다른 한 손은 뒷짐을 지었다.

수염이 가슴께까지 내려왔는데, 눈처럼 하얗다.

그러나 그런 겉모습 따위는 중요한 것이 아니었다.

'이런 사람이……!'

입이 절로 벌어졌다.

왜소한 체구에 키도 그리 크지 않다.

그러나 노승의 몸에서 뿜어지는, 보이지 않는 기운은 그야말로 경악스러울 정도였다.

이전, 천하에 이런 사람이 또 있을까 싶을 정도로 대단한 존재감을 보여주었던, 태사부 소요자에 필적하는 사람이었다.

소요자가 봉우리에 걸려 있는 구름이라면, 노승은 굳강한 산맥, 그 자체였다.

거대한 산이 다가오는 것처럼 숨을 쉴 수가 없는 압박감이 강비를 옥죄었다.

'막을 수가…….'

눈앞이 캄캄해졌다.

아무런 움직임도 없이, 그저 쳐다만 보고 있는데도 손가락 하나 까딱할 수가 없었다.

몸은 물론, 마음의 자유로움까지 박탈당했다.

타인의 의해서 완전히 통제되는 심신이라는 것은 무척이나 고약한 기분이었다.

순간, 그의 머리를 스쳐 가는 기억이 있었다.

천랑군주와의 싸움이었다.

막강한 힘을 가졌을 때에도 그는 천랑군주를 완전히 압도하지 못했다.

힘에 취한 것이다.

힘으로만 밀어붙이면 결코 성공을 이룰 수 없다.

'막을 수 없다. 그렇다면… 막지 말자.'

똑같다.

애초에 막을 수 없는 기운이라면 받아들이고, 흘리

면 되는 법이다.

아직 미숙한 사람이라면 모를까, 신공이 경지에 오른 강비였다.

의식이 일자 그의 기도가 잔잔한 물처럼 흘러갔다.

산처럼 다가오는 강인한 기파를 물로서 받아냈다.

강비의 안색이 편안해졌다.

노승의 입에서 흡족한 미소가 어렸다.

"나이도 어린 녀석이 일신의 재주가 대단하도다. 어찌나 자랑을 해 대던지 궁금하여 찾았거늘, 무의 재능으로 치자면 천하 대륙에서도 찾아보기 힘든 재목이로다."

"노승께서는 뉘신지……."

"저승으로 가는 네놈 발을 잡고 여기까지 끌고 온 장본인이시다."

승려의 입에서 나왔다고는 믿기 힘들 정도로 단어 선택이 묘했다.

아무리 봐도 평범한 승려는 아니었다.

"구명지은에 감사드립니다."

"감사는 무슨. 나중에 몸이 나으면 술이나 한잔 사거라."

술이라니, 이게 무슨 소리인가?
강비의 얼굴에 떠오른 감정은 난감함이었다.
당당하게 술을 요구하는 노승이라니.
이런 파격은 또 처음이었다.
호쾌한 장정이 일 끝내고 술 한잔하러 가자는 느낌이랄까?
도무지 종잡을 수 없는 사람이었다.
기묘하게 일그러지는 강비의 얼굴을 본 노승의 입가에 더욱 짙은 미소가 어렸다.
"보기 좋구나."
"예?"
"보기 좋다고 했다. 내 화산에 웅크려 사는 음흉한 말코 놈의 사손이라 하여 지켜보았다. 지닌바 무(武)는 점차 정상을 향해 발돋움을 하고 있고, 그 재능의 출중함이 무척이나 대단하여 감탄을 느꼈지만, 아직 인성(人性)이 무공만 못하여 내심 실망하던 차였다."
화산에 웅크려 사는 음흉한 말코.
그리고 사손.
강비의 눈이 광채가 어렸다.
"한데 죽음 직전에 가니 이놈이 또 달라지더란 말

이지. 짙은 후회를 안고 있었어. 진심으로 후회를 하더라, 이 말이야. 지금까지의 생을 살며 오로지 살업(殺業)만을 쌓았는데, 그것을 후회한다 함은 결국 자신의 인생을 되돌아보았다는 것에 다름이 아니지. 인생을 부정하지 않으나 되돌아보며 참회한다. 그런 것은 아무나 할 수 있지만, 또 아무나 쉬이 할 필요를 느끼지 못하지. 그래서 대단하다 하는 것이야."

목소리에서 느껴지는 아득한 기운.

말투에서 느껴지는 현기 어린 내용.

"사람이 마귀가 되는 것은 나이의 문제가 아니듯 사람이 성인(成人)이 되는 것도 나이의 문제가 아닌 게야. 네놈은 그제야 성인으로서 한 발자국 내딛었다고 볼 수 있다. 비록 마음의 수양으로 성인(聖人)이 될 정도는 아니지만, 그것만으로도 직접 구해줄 가치를 느꼈다. 그래서 구한 것이야. 그러지 않고 여전히 제 잘난 듯이 죽어갔다면… 또 모르지. 외면했을지도."

승려의 입에서 죽어가는 사람을 외면한다는 것은 보통 일이 아니었다.

그러나 강비는 노승의 말에서 느껴지는 진심을 느

끼고 있었다.

이 노승은 분명 승려이되, 또한 평범한 승려가 아니었다.

부처의 도(道)?

신선의 도(道)?

모든 것을 제했다.

오로지 자신만의 도를 좇는 또 다른 신인(神人)이었다.

시작은 부처의 가르침으로 했지만, 이후에 달리 완성이 된 절대자였다.

존재 자체만으로 또 하나의 도(道)를 이룬 사람이란 소리였다.

속인(俗人)의 도(道).

사람의 냄새를 강하게 풍기는 노승이었다.

"노승께서는 누구십니까?"

마침내 묻는 강비였다.

노승의 입가에 미소가 짙어졌다.

"그저 소일 삼아 천하를 방랑하는, 정신 나간 땡중이다. 이름을 알고 싶다 하면, 이미 이름은 잊었으니 나조차 모른다. 다만, 법명(法名)이라면 있지."

화산의 소요자가 전대의 천하제일이라 했지만, 그에게는 누구보다도 절친한 친우이자 경쟁자였던 또 다른 무학의 대종사가 있었다.

소림, 불문의 성지이자 무학의 성지에서 배출한 역사상 최고의 천재 무승.

소요자가 천하제일검(天下第一劍)이었다면 이 무승은 당시 천하제일권(天下第一拳)으로서 그 누구도 자신의 머리 위에 두지 않던 절대자였다.

"내 법명은 혜정(慧貞)이라 한다."

소림신승(少林神僧) 천무대종(千武大宗).

혜정 대사와 강비의 첫 만남이었다.

"그래, 앞으로는 어쩔 것이냐?"

"몸을 정상으로 돌려야지요."

"정상으로 돌린다……. 그 뒤에는?"

"제가 속한 곳으로 돌아가려 합니다."

"돌아간 후에는?"

"살아 나가야지요."

"살아 나간다?"

"예. 일단 복잡한 문제들은 뒤로 미룰 생각입니다."

혜정 대사가 미소를 지었다.

늙은 얼굴이지만, 참으로 시원스러운 미소였다.

"좋은 마음가짐이다. 생각이 많아지면 행동이 시원찮아지는 법이지. 네 말대로 일단 몸부터 정상으로 만드는 게 우선일 것이다."

그는 칭찬에 인색하지 않았다.

이놈저놈 하는 말투를 들어보면 칭찬 한 번 안 할 것 같은데, 문제점이 있으면 꼬박꼬박 말해주고 잘한 것이 있으면 잘했다고 칭찬을 아끼지 않았다.

"하지만 그것으로 될까?"

"예?"

"알는지 모르겠지만, 지금 천하는 삽시간에 긴장으로 가득 차버렸다. 세외에서 네 개의 세력이 중원무림에 고요한 전쟁을 선포했기 때문이지. 네가 몸을 다 만들 때쯤이 오면 한창 전란이 시작될 것으로 보인다."

세외에서 온 네 개의 세력.

사대마종이 분명했다.

강비의 눈에 신광이 어렸다.

"신공의 성취가 있어서 알겠지만, 그들과 넌 묘한

인연으로 얽혔다. 단순히 지나치지 못하는 인연이야. 그런 그들을 대적하기 위해서는 제법 큰 힘이 필요할 게다."

"대적……."

"누가 어떻게 시작이 되었든 그들은 널 노릴 것이다. 당연하지. 그 정도로 사고를 쳐놨으니 눈에 불을 켤 것이 분명해. 그때 너와 싸운 아이와는 또 다른 녀석들이 몰려오겠지."

혜정 대사의 말은 정확한 하나의 길을 일러주고 있었다.

"강해져야 한다. 살육의 삶을 후회할지라도, 일단 살아 나가기 위해서는 강해져야 하는 법이야. 눈앞에 거칠 것 없는 하나의 정심(貞心)을 세워둔다면 피에 젖은 길이라도 언제나 되돌아볼 수 있는 법이지. 그것이 고통스러운 일이라 해도."

강해진다.

지금보다 더욱더.

스승께서 남겨주신 내단을 깨 증폭시키지 않아도 그 정도 수준으로 올라가야만 했다.

아니, 그 이상으로.

강비의 눈이 혜정 대사에게 향했다.

강인한 눈동자였다.

"도와주시겠습니까?"

천하의 혜정 대사를 상대로 그 외의 대답은 듣지 않겠다는 투로 묻는다.

놀라운 기백이다.

어둠의 세력, 암천루에 속한 강비였으나 이미 그의 기상은 천하를 향해 발돋움을 시작한 지 오래였다.

여전히 미소를 짓고 있던 혜정 대사의 입이 열렸다.

"물론이다."

5.
연공(練功)

파앙!

휘두르는 주먹이 허공에 깊은 울림을 만들어냈다.

공기가 제멋대로 비산했다.

땀으로 가득한 청년의 눈이 살짝 일그러졌다.

무척이나 힘든 와중에도 호흡을 가다듬지만, 방금 전의 주먹질이 마음에 들지 않은 모양이었다.

이전과는 또 다르게 한층 성장한 얼굴.

장천의 얼굴에 실망감이 떠올랐다.

“여기까지인가…….”

천천히 주먹을 거두는데, 그 동작이 대단히 부드럽

고 유려했다.

마기를 받아 괴이쩍은 분위기를 풍기던 세 마리 늑대를 상대할 때와는 전혀 다른 모습.

이미 절정을 향해 달려가는 권법가의 몸놀림이었다.

'아직 멀었어.'

조용히 입술을 깨물었다.

강비가 전수한 태청신권은 멸문한 곤륜의 절학으로서 그 수준은 드높은 봉우리와 같았다.

천하에 산재한 어떤 권법에 비교해도 손색이 없는 무공인 만큼 단시간에 오의(奧義)를 깨닫는 건 지난(至難)한 일일 수밖에 없었다.

그러나 장천은 여기서 만족할 수 없었다.

더, 더 강해져야만 했다.

세상 누구한테도 핍박 받지 않도록, 내 사람을 지킬 수 있을 만큼 강해져야 했다.

'형님…….'

강비가 떠올랐다.

누구보다도 든든했던 뒷모습.

한 자루 철봉을 비껴 든 채 태산 같은 위용으로 길목을 맡던 신장(神將)의 모습이 두 눈 가득 새겨졌다.

나 자신이 죽더라도 동료에게는 한 올의 해도 입히지 않겠다는, 그 당당함이 새겨졌다.

'강해질 것이다.'

강비보다도 더.

세상 누구보다도 강해져 이 천하를 불태울 만한 무력을 갖추게 될 것이다.

천하 정점을 바라본다면, 그리된다면 다시는 그때와 같은 슬픔을 겪지 않아도 될 것이다.

"벌써 그만한 수준에 이르렀구나. 실로 빠르다. 천하에 인재가 많음은 예부터 알고 있던 바이다만, 이런 천재는 옥인이나 비, 그 녀석들 이후로 또 처음이다."

안온한 목소리에 측량키 힘든 선기가 깃들었다.

깜짝 놀란 장천이 뒤를 돌아보았다.

그곳에는 뒷짐을 진 채 허허로운 기색으로 서 있는 한 노도(老道)가 있었다.

"노도를 뵙습니다."

"예가 과하다. 언제쯤이나 편해질 것이냐?"

부드러운 미소를 짓는 노도인은 다름 아닌 소요자였다.

장천과 옥인이 문채소를 데리고 도주하던 그 당시.

겨우 암천루에 정보를 전하고 돌아가려던 찰나, 의문의 무리에게 습격을 당했다.

무인과는 전혀 다른 기도를 발하는 자들.

그러나 한눈에 보아도 사악함이 물씬 풍긴다는 걸 알 수 있는 족속들이었다.

초혼방.

초혼방의 술사들이 그들을 덮친 것이다.

어떻게 알았는지 길목에 요소요소 배치가 되어 그들을 향해 참혹한 마수(魔手)를 뻗쳤다.

난감함과 절망감이 차례로 찾아올 수밖에 없었다.

무인들이라면 모를까, 그쪽 영역에 무지했던 두 사람으로서는 문채소를 지키면서 위험을 제거할 수가 없던 것이다.

얼마나 지독한 사로(死路)를 걸어왔는지 기억조차 희미하다.

심신이 날로 피폐해져 신마주의 마기가 틈을 보고 두 사람을 집어삼키기 직전이었다.

어디에선가 홀연히 나타난 소요자.

그는 모든 것을 정리했다.

그토록 기기묘묘한 술법을 구사하던 술법사들이 소

요자의 손짓 한 번에 벌렁벌렁 잘도 나자빠졌다.

침투하던 신마주의 마기가 개울물에 씻긴 것처럼 사방으로 흩어졌다.

두 눈으로 보고 있음에도 믿을 수 없는 광경이었다.

무공으로도 설명할 수 없는 영역.

그야말로 신과 같은 능력을 펼치는 소요자였다.

"신마주(神魔珠)와 같은 마물은 함부로 감당할 만한 것이 아니다. 해소했다 하지만 그것은 미봉책이 불과해. 두 사람, 아니, 세 사람 모두 잔존하는 마기로 극히 위험한 상황이다. 지금은 아니더라도 언젠가 그 마성(魔性)으로 상단에 무리가 올 것이 분명할 것인즉, 애초에 만날 인연이었다만 사태가 급박하여 내 빨리 들렀느니라. 따로 할 일이 있을 것이다. 그러나 지금은 그곳으로 돌아갈 때가 아니라 판단된다. 날 믿는다면 당분간은 나와 함께 지냄이 어떠하냐?"

은인의 말을 어찌 함부로 들을까.

더군다나 상대는 옥인의 태사부이자 화산을 넘어 천하에서 제일의 명성을 날리던 무신(武神)이었다.

아무런 연이 없다면 모르되, 이렇게 만나게 되었으니 신선의 말을 따르는 것이 옳다고 장천은 판단했다.

특히나 강비의 태사부라는 사실이 그를 움직이게 한 가장 큰 이유였다.

탁월한 선택이었다.

근 며칠 동안 소요자의 도움으로 체내에 꼭꼭 숨어 기생하던 신마기를 완전하게 씻어낼 수 있었으며, 광대한 무리(武理)를 얻을 수 있었다.

전대 천하제일, 아니, 당대에 이르러서도 감히 그 앞에서 제일을 말할 수 있는 무인이 없을 터.

그런 무신의 가르침은 가뭄에 단비와 같았다.

옥인은 그동안 막혀오던 무공이 다시금 전진하였고, 그것은 장천이라고 다를 바 없었다.

특히나 사부의 필요성이 절실하던 그에게 소요자는 다시없을 은혜요, 축복이었다.

소요자의 눈동자에 인자한 빛이 어렸다.

"무(武)를 터득하는 속도가 굉장히 빠르지만, 너무 혹사하면 되레 좋지 못한 법이다. 과유불급(過猶不及)이라는 말이 괜히 나온 건 아니지. 올바른 때에 올바른 시각으로 스스로를 정확하게 재단하는 것이 중요하다. 명심하라. 무의 단련이란 빠른 것보다도 탄탄함을 우선한다. 그리고 그것은 비단 무공에만 국한된 것이 아니다."

"금과옥조(金科玉條), 명심하겠습니다."

더없이 공경스러운 인사였다.

공경은 공경이되, 이전에 해맑던 그는 더 이상 없었다.

어딘지 모르게 딱딱하고 암울한 장천만이 남았을 뿐이다.

"비아가 걱정되는 게냐?"

들킬 수밖에 없다.

온 얼굴에 수심을 가득 채우니, 누구라도 알 수 있는 바였다.

장천의 눈동자가 흔들렸다.

온화한 말투지만, 정확하게 짚어낸 소요자의 말은 화살처럼 그의 마음에 틀어박혔다.

"비아라면 걱정할 것이 없다."

"예?"

"네 공부에 방해가 될까 저어되어 일부러 말하지 않았다만, 지금은 또 다르구나. 해서 말하리라. 비아는 무사하다.”

놀라운 일이었다.

장천의 눈에서 거친 파랑이 일었다.

“그, 그것이 정말입니까?”

“물론이다. 비아의 앞길에는 이전에도 그러했고, 이후로도 많은 흉(凶)이 함께할 것이다. 수많은 죽음을 볼 것이고, 또한 많이 아파할 것이다. 그러나 그것은 강비라는 이름의 한 무인을 굴복시킬 수 없다. 또한 지금도 온전한 상태는 아니라 하나 앞으로 거치게 될 모든 일들을 극복하기 위해서 각고의 노력을 기울이는 중이다. 비아는 잘해낼 것이다.”

눈으로 직접 본 것만 같은 말투.

장천은 잘 알고 있었다.

비록 한 달이 채 되지 않은 시간이지만, 그간 보여준 소요자의 성품과 능력은 이미 평범함과 거리가 멀었다.

그가 발하는 목소리는 진리와 닿아 있었고, 세상의 이치를 바라보는 눈매에서는 신선의 품격이 가득했다.

이런 문제로 장난을 칠 사람도 아닌 바, 장천의 얼굴에도 금세 화색이 돌았다.

"그, 그렇군요! 형님이……!"

울컥 목이 메어 말을 다 잇지 못했다.

그간 얼마나 걱정이 많았는가.

혼원일정공이라는 신공으로도 평상심을 유지하기 힘들었다.

"형님은… 지금 어디에……."

"그것까지는 정확하게 알 수 없다. 너희들을 찾아냈을 때와는 또 다르다. 그의 곁에는 나에 못지않은 이가 있어 눈으로 보기 힘들다. 지금까지도 찾아내지 못한 것을 보면, 그 역시 비아가 마음에 든 모양이다. 많은 가르침을 받고 성장할 것이다."

"그라고 하시면……?"

"혜정이라는 지우(知友)다. 온 천하에는 천무대종이라는 별호로 불리었다만."

"천무대종! 소림신승께서?!"

경악할 만한 일이었다.

소림신승 혜정.

화산무제 소요자에 비해 결코 떨어지는 이름이 아니었다.

화산에서 꽃핀, 진정한 천하제일인이라 칭해지는

소요자지만, 소요자의 유일한 맞수라 전해지는 소림의 전설, 혜정 대사 역시 그에 버금가는 명성을 쌓았다.

소요자가 천하 각지를 돌며 무수한 사마악도를 제압한 데에 비해 강호에 몇 번 모습을 드러내지 않고 도(道)를 좇아 천하를 방랑한 노승이 혜정 대사였다.

만일 혜정 대사 역시 소요자와 마찬가지로 악을 벌하는 데에 힘을 썼다면 세인들이 칭하는 '제일'이라는 의미가 어찌 되었을지 알 수 없을 것이라는 말도 많았다.

"신승께서 형님과 함께 계시다는 겁니까?"

"그렇다. 내 얼마 전 그에게 비아 얘기를 한 바 있었다. 흥미롭다는 기색이었다. 그 역시 도래하는 난세를 내다본 이고, 난세를 걷어낼 그림자 속에 누가 있을 것인지 대략이나마 알고 있었다. 특히나 광무가 제자를 키웠음에 놀랐더랬지. 당장 보고 싶다며 뛰쳐나가는데, 그가 경공(輕功)을 쓴 것도 참으로 오랜만이었다."

"그렇다면……."

"비아에게 큰 공부가 될 것이다. 누군가를 가르친다는 것에 다소 어색함을 느낄지 모르겠다만, 혜정의 지식은 내가 따르기 힘들 정도로 방대하다. 상당히 긴 시간이 될 터이나 다시 모습을 드러낼 때, 비아의 발걸음은 천하에 이를 것이다."

"아아!"

감격스러운 일이었다.

무사한 것만으로도 다행이거늘, 천하의 신승에게 가르침까지 받는단다.

복락이란 이럴 때 쓰는 말일 것이다.

"지금은 비아를 걱정할 때가 아니다. 옥인도 그러하지만, 특히 너에게 있어 중요한 시기다. 무섭도록 빠르게 늘 시기이기도 하나, 자칫 잘못하면 많은 것을 놓치고 가리라. 단단한 반석을 다질수록 세울 수 있는 건물도 크고 웅장한 법이다. 스스로의 무학에 대해 깊은 고찰이 필요하다."

"알겠습니다."

새로운 대답.

이전과는 완전히 다른 얼굴이었다.

강비가 살아 있다는 것이 큰 위로가 되었지만, 그의 다짐은 변하지 않았다.

강해지는 것, 지금 이 순간의 행운을 발판 삼아 더

욱 성장하는 것이야말로 장천이 해야 할 일이었다.

암천루의 일을 뒤로한 채.

스스로를 바로 세우기 위한 기나긴 수련의 시기가 장천에게도 찾아온 것이었다.

* * *

"그것이 네 사부가 남긴 작품이냐?"

"예."

"허허."

아직 제대로 내상을 다스리지 못해 단전이 메마른 상황이지만, 이제 제법 움직일 수는 있게 된 강비였다.

강비는 결코 조급해하지 않았다.

치료는 치료일 뿐이다.

기를 쓴다고 하여 빨리 낫는 건 아니었다.

그럴 시간에 보다 깊은 무학을 탐구하는 것, 일각도 아깝게 보내지 않는 것을 택했다.

비록 느릿한 동작이지만, 광룡창식과 야왕신권을 펼쳐 낸 강비였다.

몸이 제대로 따라주지 않아 완전한 위력을 전개하진 못했지만, 투로는 확실했다.

혜정 대사가 탄식을 토해냈다.

"광무여, 광무여……."

안타까움이 한가득.

하늘을 바라보며 광무 진인의 이름을 연신 부르는 혜정 대사의 눈이 강비에게로 향했다.

"온 천하에 수를 헤아리기 힘든 절학들이 있다지만, 이 정도의 무학… 연이 닿지 않고서는 감히 구경조차 하지 못할 절기다. 공격적이고 살기가 무척이나 짙지만, 그 안에는 내실을 다지고 정심을 유지하기 위한 진결이 한가득이구나. 신에 이른 안목이 아니면 불가능하다. 대종사라는 말로도 부족하구나. 내 소림 무공을 완성하기도 전에 광무는 이러한 대작을 만들어냈던가."

그렇게나 대단한 무공이었던가.

물론 광룡창이나 야왕권이 천하 절공이라는 데에 이의는 없지만 이미 전설이 되어버린 무신의 입에서 최고의 찬사가 나올 정도로 빼어나다는 것이 놀라웠다.

"두 무공이 진짜 대단한 것은… 아직 완성되지 않았기 때문이다."

"완성되지 않았다니요?"

"이미 그 자체로도 천하에서 최고위를 논하지만, 발전시킬 여지가 남아 있다는 뜻이다. 그 발전이란 무공 자체의 수준을 뜻함이 아니다. 받아들이는 자가 스스로 깨우쳐 갈 수 있는 여지를 남겨두었다고 봐야 하겠지."

제아무리 소림신승이라 불리는 혜정 대사의 말이라 해도 믿기가 어려웠다.

광룡창과 야왕권은 그 목적성이 뚜렷한 만큼 투로와 진결들도 확실했다.

그럼에도 불구하고 완성되지 않았다 하니, 아무리 무의 경지가 높아져 가는 강비라 해도 일견 이해하기 힘들었다.

혜정 대사가 가볍게 웃었다.

"이해하는 날이 오리라. 네 경지가 결코 낮지 않으니, 그 시기는 제법 빠를 것이다. 네가 할 일은 네 사부가 남긴 이 작품들을 가꾸고 또 가꾸는 일이다. 정진하고 정진하다 보면 이 무공들의 대단함을 알게 되겠지."

맞는 말이었다.

무공의 수준을 아는 것도 중요하지만, 더욱 중요한 것은 믿음을 갖고 단련해 나가는 것이다.

문필가가 글씨를 연습하듯, 무도가라면 무예를 연마하는 것.

더욱 높은 경지와 이치는 자연스레 따라붙으리라.

"투신보(鬪神步)라 하였느냐? 네 몸이 성치 않으니 아직 외적인 수련은 무리겠지만, 바람을 쐬고 싶을 때는 투신보의 구결을 암송하며 걸어 나가는 것이 좋겠다."

"달리 이유라도 있습니까?"

"걸음 하나가 모든 무(武)의 시작이기 때문이다."

"……?"

"걸음이라는 것은 움직임을 뜻하지. 움직인다는 것은 생명이 있다는 걸 뜻한다. 생명이 있다는 것은 무엇이든 할 수 있다는 것과 상통하지. 무예의 단련에 있어 하체의 중요성은 백번 강조해도 모자라다지만, 지금 네가 생각해야 할 것은 단순한 외공 수련이 아니다. 내가 걸음을 걸을 때, 어떻게 움직이고 어떤 흐름으로 나아가는지 그 흐름을 느껴야 한다."

"흐름……."

"그렇다, 흐름이다. 네 육체는 지금 피폐할지언정 이미 완전하게 다듬어져 극점에 도달해 있다. 그렇다고 육신의 수련을 무시해선 안 되겠지만, 지금은 통제와 흐름에 신경을 써야 할 때다. 명심해라. 수련이란 돌고 도는 법이다. 강도 높은 수련이 진리가 아니다. 상황에 맞는 수련으로 본질을 향해 나아가는 게 중요하다."

이런 가르침은 받은 바가 없었다.

하지만 어쩐지 마음에 와 닿는 말이었다.

주먹조차 제대로 뻗지 못하는 현재에 걸음이라도 잘 걸어야 하지 않겠는가.

상황에 알맞은 수련.

정확하다는 생각이 들었다.

또한 그것은 더욱 높은 상승의 경지로 가는 반석이기도 했다.

"수련도 좋지만, 마음의 안정이 가장 중요한 법 아니겠나? 몸을 너무 혹사시키지 말고 어여 와서 차나 한잔 들게. 약초를 배합한 차이니 입에는 써도 몸엔

좋을 것이야."

저 멀리서 나무 쟁반을 든 노의원이 다가왔다.

의원은 이름을 밝히지 않았다.

다만, 임 씨 성을 쓰니 자신을 임 의원이라 부르라 말할 뿐이었다.

정체불명의 의원이지만, 그 실력은 천하의 어떤 명의와 견주어도 부족함이 없으리라.

침을 놓는 손길과 방대한 지식뿐만이 아니라 환자를 배려하는 마음가짐까지도, 임 의원은 누구보다 훌륭한 의원이었다.

이토록 대단한 의원이 왜 산골짜기에 틀어박혀 사는지 이해가 가지 않을 정도였다.

다만, 그에 대해서 강비는 묻지 않았다.

사연이 있으리라.

사양을 하려다 관두고 임 의원에게 다가가는 강비였다.

뭐라도 하고 싶었지만, 조급해하지 않으려는 생각이 든 것이다.

여유로운 마음을 갖고 세상을 대하는 것, 분명 배워야 할 점이었다.

이토록 제대로 육신이 망가진 적이 처음이어서 그런지, 곁에 마음을 편안케 해주는 사람들이 있어서 그런지, 강비는 확실히 이전과 다른 모습을 보이고 있었다.

스스로도 놀라운 변화지만, 어쩐지 그는 담담하게 받아들였다.

'그 인간들은 잘살고 있으려나?'

한 가지 마음에 걸리는 것이 있다면 암천루 직원들.

아무 말도 하지 않고 휙 사라져 버렸는데, 많이들 걱정할 것이다.

하지만 벽란과 등효를 보냈으니 죽었다고 생각하진 않을 터다.

아니, 그리 믿고 있을 것이다.

'미안하군.'

이 또한 별수 없는 일이었다.

나중에 뺨 한 대 맞는 한이 있더라도 지금은 갈 수 없다.

암천루 직원으로서 책임감 없는 행동이지만, 어쩌겠는가.

제법 널찍한 평상에 앉아 차 한 잔을 마시는 것도

제법 운치가 있었다.

지금껏 모르고 살아왔던 것들.

새삼 평화롭다는 생각이 들었다.

혜정 대사가 너털웃음을 지었다.

"이놈, 처음 봤을 때는 못 봐줄 얼굴을 하고 있더니만, 지금은 제법 사람다워졌구나."

"그랬습니까?"

"무엇이 그리 귀찮은지 눈살은 있는 대로 찌푸리면서 닥치는 대로 창질, 주먹질을 해 대는데, 그게 짐승이지, 사람이냐? 사람에게는 무릇 오욕(五慾)과 칠정(七情)이 있는 법이다. 사람이 사람다워야 사람이지, 사람으로 태어나서 별스런 짓거리를 하면 그건 위선이다."

승려의 입에서 나올 말은 아니었다.

도통 익숙해지지가 않았다.

저잣거리 시장통의 장사치가 얘기하는 건지, 소림의 신승이 얘기하는 건지 분간이 가질 않았다.

"그나저나 그 사람들은 어찌할 텐가?"

마침 생각났다는 듯 묻는 임 의원이었다.

"누구 말씀이신지?"

"산 밑의 처자들 말일세."

강비의 눈썹이 살짝 찌그러졌다.

처자들이라 함은 바로 민비화 일행을 뜻함이었다.

이전보다 훨씬 성장한 민비화와 근래에 들어서도 보기 드문 고수이면서 아름다운 여인 한 명이 모습을 드러낸 건 강비가 정신을 차리고 얼마 지나지 않아서였다.

뭔가 할 말은 있는 듯싶은데 꾸물꾸물대는 꼴이 실로 가관이었다.

어떻게 찾아냈는지도 모르겠다.

싸우러 온 것이 아닌 것은 확실한데, 도통 목적을 알 수가 없었다.

아무런 얘기도 하지 않은 채 찰거머리처럼 붙어 있어 몸이 다 나을 때 다시 올라오라 했더니, 정말로 산 밑에서 생활하고 있던 모양이었다.

"제 풀에 지쳐서 가겠지요. 굳이 상대할 필요성을 느끼지 않습니다."

"그래도 그런 것이 아닐세. 자넬 만나려고 만 리 길을 걸어왔다는데, 차 한잔하면서 얘기 정도는 들어줄 수 있지 않나?"

"칼질이나 안 하면 다행입니다."

"처자들의 무공이 대단하다는 건 알겠네만, 아무렇게나 칼을 휘두를 정도로 심성이 나쁘다는 느낌은 받지 못했는데?"

"또 모릅니다. 수틀리면 주먹부터 날릴지. 첫 만남도 그랬죠. 하긴, 그때는 서로 죽자고 치고받았지만."

의선총경 탈환 사건을 떠올리자 영 기분이 좋지 않았다.

성공은 했지만, 그때부터 묘한 무리들과 악연을 쌓기 시작하지 않았던가.

그리 아름다운 기억은 아니었다.

조용히 차를 마시던 혜정 대사가 한마디 내뱉었다.

"법왕교냐?"

"알고 계셨습니까?"

"모를 리 없지. 법왕교 쪽 사람이라면 한 번 스치듯 만난바 있지. 그 독특한 기세는 잊어질 종류의 것이 아니야. 그 연배에 그 정도 무공이라면… 필시 후계 정도 되겠어."

"그럴 거라 짐작합니다."

"목적이 싸움이 아니라면 간단한 담소를 나누는 정

도는 괜찮지 않겠느냐?"

"생각 좀 해보겠습니다."

"꽉 막힌 놈 같으니라고. 좀 물렁해졌나 싶었더니, 성격은 그대로구먼."

"원래 제가 착한 인간은 못 됩니다."

그 와중에 놀란 것은, 혜정 대사가 법왕교를 대수롭지 않게 생각하고 있다는 것이었다.

아무리 홀로 고고하다 한들 그 역시 소림의 사람임이 분명할진대, 중원의 적이라 할 수 있는 사대마종, 그중 법왕교의 무인들에 대해 별스러운 감정조차 없는 모양이다.

"비사림이나 초혼방이라면 모를까, 그놈들은 그래도 나름의 정도(正道)라는 걸 아는 놈들이야. 아무리 믿는 바가 다르다지만, 그깟 것으로 무작정 사람을 쥐어 패기 시작하면 어디 무서워서 세상 살겠느냐?"

명쾌하기 짝이 없는 어조였다.

"본래 인세가 그런 법이다. 몇몇 눈먼 바보들 때문에 현명한 사람들도 바보가 되어버려. 거기에 또 진정 수양이 깊은 사람들은 나서려 하지 않아. 이치에 따라 흘러갈 것임을 믿기 때문이다. 무엇이 올바른지 알면서도 행동에 나서는 자가 많지 않은 건 어느 세대나 마찬가지지. 더군다나 지금의 구대문파는… 몇 사람의 힘으로 뒤바꾸기에는 지나치게 거대해져 버렸고, 또한 아집으로 똘똘 뭉쳐 있어. 안 돌아가는 대갈통 몇 대 때린다고 해서 알아먹을 놈들이 아니란 뜻이다."

구대문파라 칭한 곳에는 태산북두 소림도 속해 있을 것이다.

자신의 사문조차도 잘못이라면 욕을 서슴지 않는다.

혜정 대사의 인격을 볼 수 있는 대목이었다.

"그나마 당대 방장은 불법(佛法) 수양이 깊고 사리가 밝아 함부로 움직이진 않을 터. 그것은 저 화산이나 무당도 그러하겠지. 하지만 그마저도 자신할 수는 없다. 그들의 수양이야 빼어난 것이나 그들은 문의 주인이 아닌, 책임자에 불과하기 때문이다."

주인과 책임자.

드높은 위치임은 같지만, 행사할 수 있는 권리는 달랐다.

과거, 누구보다도 엄격한 통제 속에서 살아온 강비이기에 그 차이를 더욱 확연하게 깨달을 수 있었다.

"이러나저러나 부딪침은 어쩔 수가 없을 것이다. 당장 중원 유수의 문파들이 부드럽게 대한다 한들 새외에서 들어선 네 문파는 가볍게 끝낼 마음 따위 한 올도 없을 것이야. 제법 치열한 다툼이 일어날 터다."

실제로 그것은 일어나 버렸다.

점창이 무너지고, 금강이 무릎을 꿇었다.

천의맹이라는 하나의 집단을 구축했다는 것부터가 이미 전쟁 준비를 끝냈다는 뜻이었다.

긴장으로 팽배한 강호.

언제 터져도 이상하지 않을 불온한 공기가 한가득이었다.

"하나 그것은 금세 터질 것 같으면서도 또한 신중한 싸움이 될 터인 즉, 아직 시간은 있다. 그 시간 속에서 너는 네가 할 수 있는 모든 수를 써서 강해져야 할 게야."

진지한 눈동자.

나이를 먹어 흐릿한 노안(老眼)이 아니라 강렬하기 짝이 없는 신인의 안광이 별무리처럼 강비에게 쏟아졌다.

강해지는 것.

느긋한 차향을 음미하며, 담담하면서도 강인한 한 마디를 내뱉는 강비였다.

"물론입니다."

*　　　　　*　　　　　*

"강해져야만 한다."

스스로 읊조린다.

자기 최면이라도 걸지 않고서는 당장의 이 울분을 쏟아낼 곳이 없을 듯했다.

너무나 몸을 혹사시켜 호흡조차 제대로 이어가지 못하지만, 사내는 그리 다짐하고 있었다.

거대한 덩치, 산악과도 같은 근육이 양팔에서 약동했다.

그리도 굉장한 근육이건만, 결코 과다하여 흉해 보이지 않았다.

각고의 단련으로 그 신체 조건에 가장 걸맞은, 완벽에 가까운 몸이었다.

"내가 약했다. 그러나 이제는 안 된다."

채찍질도 그런 채찍질이 없다.

내공을 단련하는 고수가 호흡을 고르지 못할 정도로 수련을 했다는 것은, 거의 자학에 가까운 행위였음에도 사내의 눈동자는 기이한 열기로 가득했다.

고통 따위는 전혀 대수로울 것이 없다는 눈이었다.

파아앙!

호흡이 이어가질 못하고 근육이 경련을 일으키니 두 다리에 힘이 없고 허리도 제때 돌리지 못할 터인데, 그럼에도 내뻗는 주먹에서는 막강한 파공성이 울렸다.

단순한 육체의 힘이 아니었다.

극한의 혹독함 속에서 정신이 몸을 움직이고 있었다.

단순한 수련에 불과함에도.

파아아앙! 파아아앙!

아무것도 없는 허공에 내지르는 주먹.

크고 단단한 주먹에 맞은 공기가 자지러지게 신음을 흘렸다.

극히 단순한 정권임에도 엄청난 기세가 흘렀다.

가장 완벽한 직선, 가장 완전한 호흡으로 내지르는 일권(一拳)이었다.

강호에 난다 하는 고수들일지라도 막아내기 막막할 만큼 위력적인 권법이었다.

후들거리는 다리를 잡아 어떻게든 바닥에 족적을 찍으니 그것은 거암이 움직이는 듯한 착각이 일고, 내지르는 주먹에선 산맥이 꿈틀거리는 듯한 환상이 일었다.

대산의 무문이라 칭해지는 문파의 무공이었다.

어느 하나의 절기도 빼어나지 않은 것 없으니, 능히 소림의 무공과 비견해도 결코 뒤짐이 없었다.

거암태형보에 이은 진악팔권(鎭嶽八拳).

주먹질 여덟 번에 태산도 짓누른다는, 다소 거창한 이름이 붙은 무공이었다.

실제로 그럴 수 있을지는 미지수지만, 그런 수식어가 붙을 정도로 빼어난 무학이라는 데에는 누구도 이견을 낼 수 없었다.

"적당히 하는 게 좋을 거예요."

그렇게 반 시진이 지난 후.

뒤에서 들려온 목소리에 등효는 거의 새파래진 얼굴로 자리에 주저앉았다.

만신창이가 될 정도로 자신을 몰아붙인 등효였다.

벽란이 고개를 저었다.

"호흡에 문제가 생기면 골육이 상해요. 아무리 절정고수라 해도 신은 아니죠. 육체가 강건하지 못하면 정신력이 뛰어나다 한들 소용없지 않을까요?"

옳은 말이었다.

그러나 등효의 눈은 아직까지도 꺼지지 않는 불길을 담고 있었다.

그것은 거의 광기에 가까울 정도로 맹렬하여 마주 보는 자의 눈마저 터트려 버릴 정도로 위험해 보였다.

"이대로는 안 되오."

"네?"

"평범한 수련으론 어림도 없소. 나는 강해질 거요. 누구보다도 더. 평범한 수련으로 강해지는 영역은 언제나 정해져 있는 법이오. 상식을 넘는 순간, 다른 이들과 다른 영역에서 노는 것이라 배웠소."

남들과 같은 수준으로 노력을 해봐야 결국 그들과 비슷한 역량을 가질 수밖에 없는 법.

누구보다도 뛰어나고 싶다면, 누구보다도 짙은 노력을 쏟아붓는다.

등효가 그간 어떻게 살아왔는지를 보여주는 대목이

었다.

어느 정도 재능은 있었으나 천재(天才)라고 칭해지긴 어려웠던 등효가 그 나이에 그토록 높은 경지를 이룩한 이유, 달리 있는 것이 아니었다.

벽란은 등효가 왜 저리도 강함에 목말라 하는지 알고 있었다.

강비 때문이다.

두 번이나 자신을 구해준 무사 때문에.

누군가에게 등을 맡기고 도주해야 했던 그 현실이 사무치도록 슬프고 화가 났기에 그럴 것이다.

그리고 그것은 벽란이라고 예외는 아니었다.

"군신, 아니, 강 공자는 살아 있어요. 걱정하지 말아요."

등효의 등에 업혀 정신을 차렸을 때는 그보다 더 난리를 피운 벽란이었다.

돌아가서 강비를 돕겠다면서 얼마나 소동을 일으켰는지 모른다.

그러나 꾹 다문 등효의 입술과 떨리는 눈매를 보며 그녀는 아무 말 없이 암천루로 향해야만 했다.

묵계주를 써서 찾아갈 수도 있었지만, 어쩐 일인지

묵계주가 듣질 않았다.

묵계주로도 볼 수 없는, 술법으로도 알아내기 힘든 영역에 있다는 뜻이었다.

그러나 확실한 한 가지는… 강비가 살아 있다는 것이다.

"그이의 생사 때문이 아니오. 나는 아직 한참이나 모자라오. 그저 그걸 사무치게 깨달았기 때문이오."

새파랗게 질린 입술에 어느새 혈색이 돌아와 있었다.

확실히 그의 육체는 대단했다.

그 짧은 사이, 탈진에 가까웠던 육신이 엄청난 속도로 제 기능을 찾아간다.

육신의 강건함과는 또 다른 문제.

익힌 내공심법의 효능이 그만큼 빼어나다는 뜻이리라.

벽란은 가볍게 입술을 깨물었다.

음양신의 예언.

광풍의 군신이 초혼신을 잠재울 것이라는 것을 듣고 그녀는 강비를 찾아갔다.

그리고 발견했다, 무시무시한 잠재력을 가진 그를.

하루가 다르게 강해지는 무력.

그 속도란 술법사인 그녀가 보아도 놀랄 만큼 빨라 경악을 금치 못했다.

과연 예언의 주인공인 군신이라 불릴 자격이 있다고 내심 찬탄을 금치 못했다.

'하지만… 나는…….'

하루하루 고된 무의 길을 쫓아 강해지는 그를 보며 어찌 마냥 감탄만 했던가.

스스로 강해질 생각은 왜 하질 못했는지.

복수가 어려워 따라온 길이었거늘, 일행 중 누구보다도 안주한 사람은 그녀였다.

강비도, 장천도, 옥인도… 모두가 창과 검과 주먹을 휘두르며 매 순간을 강해지기 위한 일념으로 살았다.

하나 그녀는 어떠했나. 어떻게 복수를 할 것인지, 가능하긴 할는지, 언제쯤 초혼신을 치러 갈 것인지, 먼 훗날의 일만 바라보며 현재를 소홀히 하였다.

그러면 안 되었다.

서로 도움을 주는 것까지는 좋았으되, 자신을 완성시키는 것도 못지않게 중요한 부분이었다.

그녀는 그것을 간과한 것이다.

그녀는 자책했다.

'누구보다도 내가 노력해야 했다. 누구보다도 내가 지독해야 했다.'

지금이라도 깨달아서 다행이었다.

스스로를 되돌아본 것.

그로 인해 앞으로 나아갈 의지를 품은 것만으로도 큰 배움이었다.

그녀의 눈에도 기이한 섬광이 어렸다.

"함께하죠."

"……?!"

"저도 아직 멀었어요. 무공과 술법, 비록 영역이 다르다지만, 서로 상통하는 부분도 적지 않을 테니 도움이 될 수 있을 거예요."

불감청(不敢請)이언정 고소원(固所願)이었다.

등효와 벽란의 눈에서 피어오르는 열기는 다른 사람에게도 전이가 되었던 것인지…….

붕대가 감긴 어깨를 휙휙 돌리며 있는 대로 불량기를 피워 올리는 한 노인이 있었다.

"무공과 술법. 함께 수련함에 도움이 될 수 있겠지

만, 아무리 경지에 이른 고수들이라 해도 위험을 동반하는 일이지. 마침 나도 며칠 한가하니 함께해 보는 건 어떤가? 나도 확인할 것들이 제법 있으니 도움을 받고 싶은데."

서문종신이었다.

등효와 벽란에게 있어서 암천루의 가장 큰 경이(驚異) 중 하나가 서문종신의 존재일 것이었다.

뒷골목, 음지의 강호에서 활동하기에는 지닌바 무력이 지나칠 정도로 엄청났기 때문이다.

천외천, 일대 종사라는 표현이 무색할 만큼 서문종신의 힘은 무시무시했다.

이러한 고수가 수련을 제안한다.

함께.

쌍수를 들고 환영해도 모자랄 일이었다.

일종의 기연이라 할 수 있을까?

등효와 벽란에 얼굴에도 모처럼의 밝은 미소가 깃들었다.

"감사할 따름입니다."

"그런 말 말게. 강비, 그놈 동료라며? 그놈의 동료라면 우리에게도 가족이나 다를 바 없지. 너무 그렇게 예의 차리고 나오면 이쪽이 재미없어져."

장난기가 서린 말투였다.

그렇게 서문종신을 비롯한 등효와 벽란의 수련도 시작되었다.

구파의 장문인에 필적하는, 실전 경험과 파격적인 면에서는 오히려 우위를 점할 수도 있는 서문종신의 가르침은 두 사람에게도 큰 도움이 될 것이다.

각자의 위치에서, 각자의 공간에서, 각자의 무공을 다듬어가는 시간.

짧지 않은 연무, 연공의 시간이 다가오고 있었다.

〈『암천루』 제5권에서 계속〉

www.bbulmedia.com

BBULMEDIA